Préface de Véronnick Thammer

Ministre des paradis fiscaux

Préface

Bon, pour faire court, si vous avez autant d'humour qu'une couche culotte usagée, si vous êtes du genre cul pincé qui ne se marre que les 31 février, bref si vous portez le masque de le morosité grincheuse 365 jours par an, passez votre chemin. Quant au casting, les personnages sont grossiers, vulgaires, racistes, égocentriques etc… Pour les autres , les gais lurons, les rigolards , les qui se prennent pas le choux, les vivants quoi, je vous souhaite une bonne tranche de détente .

Véronnick Thammer

Contact :
Véronnick Thammer
6 bis (66 donc) rue des Emphoirés Dhéditheur
(à gauche après le tas de neige et en face de la Khapital Khamouphlé Tower)

Moscou.

Le téléphone est celui du Kremlin.

Note de l'auteur

Les propos provocateurs tenus par (Aubin), ainsi que les descriptions outrancières des personnages ou des lieux, ne sont qu'un prétexte à l'aboutissement d'une œuvre humoristique dont le seul but est d'amuser le lecteur. Ils ne sont en aucun cas le reflet des idées ou des convictions de l'auteur.

Couverture : Patrice Ritzenthaler

Avertissement

Salut à toi ami(e) lecteur !

Si tu es à cheval sur le français, la syntaxe, le point-virgule, de suspension, d'interrogation de compression, de croix, ou sur la gueule, laisses tomber !

Ce qui va suivre est grossier, vulgaire, antilittéraire, irrespectueux, irrévérencieux, excessif, provocateur un chouia raciste, un poil mégalo, passablement débile, anti littéraire, bref tout ce qu'il faut et un peu plus pour avoir des emmerdes avec les adhérents de l'ANPF (Association Nationale des Pisse Froid de l'hexagone) mais surtout tiré de faits rigoureusement inventés.

Si tu es toujours là, alors, prends ta veste et suis-moi ! Mais je t'aurai prévenu !!!

Ce livre est une œuvre de fiction, les noms des personnages et les événements sont le fruit de l’imagination de l’auteur.

V5

DU MEME AUTEUR .

CRAMPONNE-TOI AUX RIDELLES. 2018

Introduction

Il y a des jours tu regrettes d'avoir posé le pied sur la moquette. À peine à la verticale, les emmerdes frappent à la porte. C'est le cas ce matin. Trois ou quatre coups de sonnette et quelques gnons sur la lourde.

Les yeux dans les savates, j'ouvre illico. Un uniforme que j'attribue à la brigade motorisée me salut de la main droite comme si j'étais son supérieur direct et de la gauche me tend un pli plié que je déplie.

– C'est de la présidence de la république !

Le brave fonctionnaire me salue à nouveau puis regagne l'ascenseur, heureux du devoir accompli. Décidément ce ne sont pas les plis qui manquent ce matin ! Si t'as pas compris c'est pas grave, laisse tomber. Avec moi va falloir t'habituer, les jeux de mots ça ne fait pas un pli. Tiens tu vois, encore un. Il va bientôt y en avoir plus que sur les draps de mon lit. Forcément hein, j'ai pas encore eu le temps de le refaire puisque comme je te l'ai dit plus haut, je viens de me réveiller. Mais pourquoi je te dis ça moi ? C'est vrai, qu'est-ce que tu en as à foutre que je n'ai pas encore refait mon lit ?

Toute affaire cessante, (Ca tombe bien, j'en avais aucune en cours) je pose mon derche sur le premier siège venu et je tourne et retourne l'enveloppe entre mes doigts, cherchant à deviner ce qu'elle peut bien contenir. Bon ben le mieux hein, c'est de l'ouvrir. Alors, que me veut l'Élysée ? Que peut-il y avoir de si important pour que le sommet du sommet de l'état dépêche un motocycliste qui s'est dépêché de m'apporter une dépêche avec mission de me la remettre en mains propres ? C'est vrai que j'ai pas eu le temps de les salir puisque comme je te l'ai déjà dit au moins une fois, je viens de me lever.

Bon ben quand faut y aller, faut y aller. J'ouvre la missive et je jette un coup d'œil au texte en commençant par la signature. Bon ben fallait pas rêver non plus hein ? Que le sommet du sommet de l'état me gratifie d'un message perso c'est déjà inattendu, mais qu'il soit en plus signé de sa main ... Mais bon, je ne suis pas froissé pour autant (Ah non, on ne va pas recommencer avec les plis !) La signature est comme toutes les signatures, illisible. Heureusement, juste au-dessus il y a un nom et une fonction. Elsa Hymer, chargée de mission. Pour ce qui est du contenu, je te le livre gratuitement et à la virgule près.

Monsieur Charles Heston vice-sous-secrétaire d'état auprès du ministre des affaires louches, me charge de vous informer que vous êtes attendu ce jour à dix-sept heures au palais de l'Élysée afin de vous entretenir (J'ai toujours rêvé de me faire entretenir) d'un événement qui nécessite votre collaboration. Voilà, c'est tout. C'est tout mais c'est clair. C'est le genre d'invitation qui ne saurait souffrir de la moindre contrariété. C'est pour aujourd'hui à dix-sept heures un point c'est tout !

Ça va, ça me laisse de la marge. Avoue que c'est pas tous les jours que le sommet du sommet etc. etc.... sollicite séance tenante ta collaboration. Sauf si bien sûr tu as tendance à oublier de régler tes acomptes provisionnels. Bon, ben dans l'immédiat, préparer mon petit déj et ensuite gagner la salle de bain (Ceci dit, en passant, je ne vois pas pourquoi j'aurais à la gagner puisqu'elle est déjà à moi !) Mais pour en revenir à cette convocation, quelque part, elle me turlupine.

Chapitre 1

Bon je ne vais pas te décrire l'Élysée que tu connais beaucoup mieux que moi puisque tu visites les lieux chaque année le jour du patrimoine. Si si, je t'ai vu faire la queue à partir de vingt et une heures la veille au soir pour être sûr d'être dans les premiers. La dernière fois t'étais même avec ton beauf, celui qui se bourre la gueule et celle de ta sœur par la même occasion. Je ne vais pas te décrire le burlingue non plus, je devine que t'en as rien à foutre et que tu ne fais aucune différence entre une bergère Louis XV et des chiottes turques. Je peux juste te préciser que je suis assis sur un fauteuil de style gallo-romain d'époque, aussi confortable que la face poilue d'un balai brosse. Je soupçonne très sincèrement mon interlocutrice de faire en sorte que ses interlocuteurs n'aient pas envie de s'incruster. A l'essentiel directos et rapidos.

J'ai quand même droit à un café corsé. Normal, le fournisseur est d'Ajaccio, et a deux carrés de chocolat estampillés Palais de l'Élysée avec emballage spécial. Barette tricolore en haut dans le coin gauche, photo du palais au centre, lettres dorées etc. etc…Le piège à gogo parfait que tu as envie de garder en souvenir pour épater la galerie. Madame n'étant pas du genre à tourner autour du pot, expédie les présentations et me déballe les raisons de cette invitation.

– Cher monsieur, si nous avons pris la peine de vous convoq.....je veux dire de vous inviter à vous présenter devant moi, c'est que nous connaissons votre réputation dans le milieu des enquêteurs privés et que la mission que nous envisageons vous confier est des plus ... disons délicate !

Voilà une entrée en matière baveuse à souhait. Le lèche bottes blues existe encore. Je lui accorde donc une oreille attentive.

– Ce que je vais vous révéler ne peut et ne doit en aucun cas sortir de la plus stricte confidentialité. En clair, si vous acceptez, ce dont je ne doute pas, cette mission, vous vous engagez sur l'honneur à ne transmettre aucune information à qui que ce soit d'autre qu'à moi. Suis-je bien claire ?

– Vous ne pourriez l'être plus !

– Parfait ! Voilà donc les raisons de votre présence ici. Il y avait depuis quelques semaines dans le bureau du président de la république, posée sur un coin de la cheminée, une tête de nœud africaine sculptée dans un morceau d'ébène.

– Une tête de nœud ???

– Oui, je m'explique. En fait cette sculpture représentait un nœud marin africain, ne me demandez pas lequel, je n'en sais rien, un nœud marin disais-je sur lequel le sculpteur avait incrusté deux yeux de verre et une bouche entrouverte. Les deux brins supérieurs pouvaient représenter les oreilles et les deux brins du bas servaient de socle. Ce pouvait aussi bien représenter une tête humaine qu'animale. Mais vous en aurez une photo. Bref, ça ressemblait à tout et à rien. Mais cette représentation passablement hideuse de ce qu'il est convenu d'appeler de l'art premier, avait été offerte au président, lors d'un voyage officiel en Afrique par son hôte et de ce fait il devenait difficile de la laisser de côté. Au retour elle fut déposée sur un coin de la cheminée présidentielle où elle resta jusqu'à ce que le chef de l'état décide qu'il l'avait assez vue et le chef d'œuvre fut déplacé et déposé sur la console dorée qui se trouve entre les deux fenêtres du bureau où se tient le conseil des ministres.

– Et c'est là qu'il a été dérobé ?

– Oui. Nous ne savons pas précisément par qui ni précisément quand, mais l'événement est survenu à la suite d'une réunion ayant eu lieu dans le bureau en question. Notre président a reçu il y a quelques jours en visite non officielle, une délégation de ce petit état Africain composée de deux ministres et quelques diplomates, une dizaine

de personnes environ. Cette réunion……

– Quel état ?

– Vous le saurez en temps utile, laissez-moi finir. Cette réunion dura environ une heure trente, puis tout ce petit monde fut convié à quitter les lieux. Ce n'est que deux jours plus tard que la disparition de l'objet fut constatée par un membre du personnel d'entretien.

– Et vous pensez que c'est une personne de la délégation qui a chouravé, enfin je veux dire soustrait, la sculpture en question ?

– Et bien très franchement, sans pouvoir être affirmative, il semble difficile qu'il en soit autrement !

– Et si vous me disiez à présent de quel état il s'agit et quels étaient les personnes présentes ?

– J'y viens, mais encore une fois il devient impératif que vous gardiez toutes ces informations secrètes !

– Je vous ai donné ma parole !

– Très bien, alors voilà !

Chapitre 2

Bon, ben à partir de là cher lecteur(euse), tu comprendras que je ne peux plus te dévoiler grand-chose. J'ai donné ma parole et comme je sais que tu irais immédiatement tout colporter autour de toi, je vais t'en dire le minimum. Donc je te résume. Il y a quelques jours notre premier homme (ben quoi, il y a bien une première dame !) notre président si tu préfères, reçoit une délégation d'un petit état Africain. Je peux juste te dire qu'il se situe entre le sud de l'Afrique du nord et le cap de Bonne-Espérance dans un sens et le Libéria et la Somalie dans l'autre. C'est déjà beaucoup. Quant à la délégation, sans te donner de noms pour les raisons que tu connais, il y avait le ministre de l'extérieur, celui de la culture, (Non, rien à voir avec le jardinage) le porte-parole du président Ididé Bobar, merde je viens de te donner son nom, mais putain comment je peux faire des conneries pareilles ? Bon ben maintenant tu sais de quel état il s'agit ! Je compte vraiment sur toi pour la boucler !!! quelques députés sans importance juste venus pour la bouffe Française et l'Ambassadeur du pays en question.

Tous ces représentants sont reçus à l'Élysée, ils sont introduits dans la salle du conseil des ministres, s'assoient autour de la table, discutent tout en savourant une collation, puis quittent les lieux par où ils étaient entrés. Jusque-là tout est normal. Sauf que…… ! D'après les infos de madame Elsa Hymer, l'un d'eux chourave au passage la statuette d'ébène représentant une tête de nœud comme précisé plus haut et ce, sans que qui que ce soit s'en aperçoive. À moins que tout ce petit monde ne soit complice du vol, puisque c'en est un, ça paraît quand même un peu gros. Ah, il y a une précision importante, la sculpture avait été offerte à notre président par Monsieur Bobar en personne, mais ça je crois te l'avoir déjà dit.

Ididé Bobar a ceci de particulier qu'il s'est auto proclamé président à vie dès le lendemain de son élection. Mais ça c'est juste pour l'info, une parenthèse en quelque sorte, dans le cas présent on s'en fout complètement non ? À moins que ….? Et si pour une raison que j'ignore, la statuette avait une raison bien précise de se retrouver entre les mains des membres de la délégation ? Un retour aux origines par exemple, mais pourquoi ?

Il y a peut-être un lien entre les raisons de cette visite et la disparition de l'œuvre d'art. En tout cas, perso, je penche sérieusement pour cette hippothèse. Bon, je sens à voir ta tronche que je dois t'affranchir un peu plus sur les raisons d'un entretien qui aurait tout aussi bien pu se faire avec le ministre de la culture. C'est vrai je te sens interloqué par la présence du chef de l'état autour de la table. Bon ok, mais c'est bien parce-que tu es un lecteur fidèle car quelque part j'ai donné ma parole bordel ! C'est vrai ça, tu me mets dans l'embarras ! Mais je te préviens je vais au plus court.

Alors figure toi que le but de cette réunion au sommet était d'obtenir l'aide financière de la France (Cocorico) pour l'organisation dans leur capitale, d'une expo internationale axée sur la renaissance africaine qui comme tu le sais a eu lieu fin XIVème début XVème siècle, plus précisément une semaine et trois heures vingt trois après la renaissance Italienne grâce au concours de leur grand peintre local Ghou Ouach, que la pointe de la botte italienne avait propulsé au-delà de la méditerranée pour avoir osé offrir une vierge noire de sa composition à un père blanc en partance pour l'Afrique. Mais dans le cas présent on se fout royalement de cette précision qui n'apporte rien au sujet qui nous occupe.

Donc pour résumer, une tête de nœud marin Africaine est offerte au chef de l'état par un autre chef d'état, ce nœud en ébène trône quelques semaines dans le bureau présidentiel, puis dans le salon du conseil des ministres avant de disparaître suite à une réunion avec des représentants du pays en question. C'est un employé affecté au nettoyage des lieux qui découvre et dénonce cette disparition.

Comme vous l'avez compris, à moi de jouer les détectives hors pair pour éclaircir le mystère de cette disparition. Impossible d'interroger les personnalités présentes lors de cette réunion pour deux raisons. La première c'est que tout ce beau monde est rentré chez lui en Afrique, la seconde c'est que quoi qu'il en soit, ils jouissent tous du statut de diplomate et que je n'aurais pas la moindre chance de pouvoir interroger qui que ce soit. Le seul possible serait monsieur Bokaka Kabossé qui jouit du statut d''Ambassadeur et qui de ce fait doit se trouver encore en France. Mais je me vois mal me pointer à l'ambassade et demander à interroger le grand manitou.

C'est un peu désemparé que je prends congé de madame Hymer qui me remet une couche de léchouilles du genre, on compte sur vous, nous savons que vos capacités d'enquêteur sont exceptionnelles, etc…etc..

Tout en m'éloignant du palais, je gamberge cherchant le moindre point concret qui puisse me permettre de commencer mes investigations. Machinalement je sors de ma poche l'enveloppe que m'a remise une collaboratrice de Elsa Hymer. C'est vrai ça dit donc, je n'ai même pas eu la curiosité de l'ouvrir. Rien de plus simple puisqu'elle n'est même pas cachetée. J'en extrais tu t'en doutes la photo du nœud marin. Ah oui quand même ! Plus moche me semble improbable.

Bon, tu vas me dire, prendre un nœud en photo fut-il marin, Africain et en ébène, ne présente pas un intérêt capital. Mais là, franchement, cette bouche et ces yeux incrustés dans la sculpture, donne immédiatement l'envie de balancer l'objet au fond d'un sac poubelle. Je comprends que notre président n'ait pas pu supporter longtemps la présence de ce cadeau pour le moins étrange dans son bureau. D'un autre côté, ce truc est tellement laid qu'il devait forcément attirer le regard. Un peu comme si au beau milieu de la galerie des glaces à Versailles, on avait installé une cuvette de chiottes à la turque.

Fort de ces réflexions que je m'adresse à moi-même, une première idée me vient. Le seul dernier lien que nous ayons avec la sculpture, c'est la personne qui tout en faisant le ménage dans le salon s'est dit... Tiens, il manque un truc ! Cette disparition l'a suffisamment surprise pour qu'elle en parle à sa ou son supérieur, qui lui-même en en fait part à sa hiérarchie. Voilà assurément quelqu'un qui ne jouit pas d'un statut particulier et même si ça ne doit pas me mener bien loin, je peux quand même commencer par là. Alors que mon véhicule est en vue, je décide de contacter madame Hymer sans délai. À peine installé derrière mon volant, je compose son numéro.

– Elsa Hymer, j'écoute !

– Oui, c'est Aubin, je viens de vous quitter. Excusez-moi, mais vous serait-il possible de me donner le nom de la personne qui s'est aperçue de la disparition de la tête de nœud ?

– Et bien je peux vous communiquer le nom de

son chef de service, mais franchement, je ne vois pas……

– Oui, mais il faut bien que je commence quelque part, alors ….

– Ok ok, appelez ce numéro de ma part, ils vous renseigneront.

Quelques minutes plus tard, je suis en conversation avec un interlocuteur peu enclin à me fournir le renseignement demandé.

– Mais pourquoi voulez-vous rencontrer cette personne ?

– Parce-que c'est elle qui a déclaré la disparition de l'objet.

– Ben oui et alors ? Que voulez-vous qu'elle vous dise de plus ?

– Écoutez monsieur, je suis chargé de résoudre cette énigme par une personnalité du palais. J'ai carte blanche pour interroger qui je veux où je veux et quand je veux, alors s'il vous plait, donnez-moi le nom et l'adresse de la personne en question.

Putain ce qu'il faut se battre dans ce monde. Qu'est-ce que ça peut bien lui foutre de me fournir le renseignement que je lui demande ? Merde alors !

– Il s'agit de madame Chipo Lata, 11 quai Branly Vous voulez aussi son numéro de portable je

suppose ?

Voilà une adresse qui m'interpelle. 11 quai Branly ! Le temple du silence Élyséen. le palais de l'Alma. L'Alma tout cour, pour les intimes. Une soixantaine d'apparts réservés aux employés ou collaborateurs de la présidence. Qu'est-ce qui peut bien justifier qu'une employée du service entretien du palais de l'Élysée, jouisse d'un appartement gratos en ce lieu ? Je ne vais peut-être pas tarder à le savoir puisque madame Chipo Lata que je m'empresse de contacter me donne présentement rendez-vous à vingt heures et qu'il est dix-neuf heures quarante-cinq.

Chapitre 3

Bon c'est sûr, l'état ne lui a pas filé un appart de trois cents mètres carrés. C'est sous les combles que loge cette gente dame. Une vingtaine de mètres carrés formant un rectangle en arc de cercle trapézoïdal (Mais non, je déconne) Une vingtaine de mètres carrés donc, que je ne te décris pas parce-que je sais que tu n'en as rien à foutre. Si madame Lata est de toute évidence, issue d'une nation Africaine, je ne saurais te dire laquelle. Ce détail sans importance, ne l'empêche pas d'être avenante même si je la sens quand même un peu tendue lorsqu'elle m'invite à m'asseoir sur une chaise cannée qui ne va pas tarder à bien porter son nom vu comme elle oscille sur ses pieds. Une forte odeur de tambouille flotte dans l'air.

– Je n'ai pas grand-chose à vous offrir mais si vous acceptez de partager mon repas, ce sera avec plaisir ?

Comme on dit, on attrape pas les mouches avec du vinaigre. Je joue le gars décontracté, bien sous tous rapports (Et encore je ne te dis pas tout) Bref, j'accepte d'autant plus que ça sent bon.

– Ça vient des cuisines de l'Élysée, je vais juste réchauffer un peu.

– L'Élysée vous nourrit ?

– Oui, souvent nous repartons avec une gamelle bien remplie. Ce sont les restes du jour.

– Nous ? Vous êtes plusieurs à bénéficier de cette généreuse distribution ?

– Je sais pas, mais mes copines Aida et Fatou en reçoivent aussi. Des fois, souvent même, on mange ensemble. Ça dépend de nos horaires.

– Vous voulez dire qu'elles sont aussi logées ici ?

– Ben oui, on est toutes les trois logées ici !

– Je ne veux pas être indiscret, mais pourquoi l'Élysée vous loge-t-il au palais de l'Alma ?

– Je sais pas, c'est grâce à l'assistante sociale. Elle nous a trouvé le travail et la chambre.

– C'est une assistante sociale qui vous a fait embaucher par l'Élysée ?

– Ben oui !

Je sens que mes questions commencent à l'inquiéter. Elle dresse la table en évitant de me regarder. Quelque chose m'incite à passer à autre chose. Du moins dans l'immédiat. Je la boucle d'autant plus qu'elle dépose un plat de blanquette

Élyséenne sur la table. Ca fume, ça sent bon, ça donne envie. C'est étonnant la vie parfois. Me voici attablé face à une parfaite inconnue et tout à fait disposé à lui piquer la moitié de son repas du soir. Je tente de détendre un peu l'atmosphère qui d'ailleurs ne l'est pas vraiment.

– C'est ce que notre président a mangé aujourd'hui ?

– Je sais pas, c'est ce qui est servi à la cantine.

– C'est bon, merci pour ce souper inattendu.

– C'est pour le vol que vous vouliez me voir ?

– Oui, même si vous ne pouvez pas m'apprendre grand-chose. On m'a dit que vous aviez signalé la disparition de la statuette à votre hiérarchie ?

– Oui, mais je sais pas à quel moment c'est arrivé. C'est en faisant les poussières que j'ai remarqué que le nœud avait disparu.

– Mais disparu ne veut pas forcément dire volé. Il aurait aussi bien pu avoir été remis dans le bureau présidentiel ou ailleurs ?

– Le président détestait cette chose, il n'allait certainement pas la remettre dans son bureau. Et ailleurs, en tout cas, je n'ai rien vu.

– Et ça vous a intriguée cette disparition ?

– C'est-à-dire qu'on nous disait toujours (Faites attention, c'est très fragile et c'est au président) Et puis d'un coup, du jour au lendemain, plus rien !

– Et vous n'avez vraiment aucune idée de qui a bien pu déplacer, retirer ou voler cette œuvre d'art ?

– Ben comment voulez-vous? Je fais le ménage, je ne surveille pas. Il y avait bien Moussa qui avait l'air intéressé par la sculpture, il la regardait souvent. Un jour, je suis arrivée dans le bureau, il l'avait dans les mains et il a eu l'air gêné de me voir.

– Et c'est qui ce Moussa ?

– Un garçon de ménage comme nous. Mais il est un peu sauvage, il parle pas beaucoup.

– Lui aussi habite ici ?

– Non, lui je sais pas où il habite. On l'a pas vu depuis quelques jours. J'espère qu'il a pas été embêté par la police.

Je sens comme un gros malaise chez Chipo. Elle vient de réaliser qu'elle en avait peut-être trop dit. Elle tente une diversion

– Oh pardon, je n'ai rien mis à boire. Je n'ai que de l'eau minérale.

– Ça ira très bien merci. Mais pourquoi il serait

ennuyé par la police? Vous pouvez me parler, je ne suis pas flic. C'est une enquête interne. On discute c'est tout.

– Ben, il n'a pas de papiers.

Alors là les enfants, si je n'étais pas déjà assis, j'en tomberais sur le cul ! Un employé sans papiers à l'Élysée. Tu vas croire un truc pareil toi ?

– Comment ça sans papiers ? Vous voulez dire que c'est un migrant, un clandestin ?

– Ben je crois oui, comme nous.

Là je m'égosille ! Je n'en crois pas mes esgourdes, je suis en plein délire ! Cette blanquette est hallucinogène !

– Quoi ? Vous bossez toutes au black (que dire d'autre, noir tu crois que ça serait mieux ?) à l'Élysée et sans papiers ?

– Oui, mais il paraît qu'ils vont nous régulariser bientôt.

– Mais comment vous pouvez entrer et sortir du palais sans le moindre papier d'identité ?

– On vient nous chercher, on rentre au palais en voiture, on fait nos heures et après on revient nous chercher.

J'ai la blanquette stoppée à la lourde du tube

digestif. Putain j'y crois pas dis donc ! Et pourquoi elle me dirait des conneries hein, pourquoi ? Ben putain, ils manquent pas d'air au sommet de l'état !

– Et vous êtes là depuis longtemps ?

– Ça va faire huit mois.

Bon ben moi, je ne regrette pas d'être venu. Pour une info, c'est une info ! Il va falloir que je reprenne rapidos contact avec Elsa Hymer. Drôlement cachottière la minette dit donc. Pas étonnant que le responsable de l'équipe du nettoyage n'ait pas été très enthousiaste à l'idée de me filer les renseignements demandés.

– Il se fait tard, je vais rentrer chez moi. Merci pour votre accueil et ce repas inattendu.

– Vous voulez un café ?

– Oui, je crois que j'en ai bien besoin. Dommage que vous n'ayez pas un petit alcool !

– Si, j'en ai. J'ai du Laela Mmago. Ça veut dire « au revoir maman » C'est très fort, C'est fabriqué au Botswana.

– Alors ce sera avec plaisir que j'en avalerai une gorgée.

Chipo s'affaire, dégage plat et assiettes, ouvre un placard, en sort une bouteille et la dépose devant moi. Moins de trois minutes plus tard mon jus arrive. Un sucre, j'avale et je me sers une bonne rasade du remontant.

– Attention, c'est très fort !

Tant mieux ; j'ai une pilule à faire passer. Je porte la tasse à mes lèvres et hop, cul sec ! Oh putain ! Oh putain ! Je fonds ! J'ai plus de langue, plus de gosier, plus de dents, plus d'estomac, plus de cordes vocales, mon calcif se confond avec mes chaussettes, j'ai les semelles qui fondent ! C'est l'Etna ! J'ai bu le Vésuve ! C'est Pompéi dans mes boyaux ! Elle avait raison (Au revoir maman !)

– Ça va ? Vous avez l'air drôle ! C'est fort hein ? Quatre-vingts degrés.

- *Breughofrheurheu !*

C'est tout ce que je parviens à borgborygmer !

Chapitre 4

Cette fois, c'est moi qui ai sollicité un entretien avec Elsa Hymer. Même si officiellement elle ne me doit aucune explication sur le fait que l'Élysée emploie des personnes au noir, j'ai quand même envie de la déstabiliser un peu. Ça peut être productif. J'ai volontairement laissé entendre que ma visite chez la femme de ménage n'avait pas été inutile, sans lui dire précisément ce qui en était ressorti. C'est sur un banc du jardin des Tuileries que nous avons décidé de nous retrouver. Ciel bleu, temps calme et j'ai tout mon temps.

– *J'ai préféré vous donner rendez-vous ici. Au palais, les murs ont des oreilles.*

– *Ça me va tout à fait. J'ai demandé à vous rencontrer dès que possible suite à ma visite chez madame Chipo Lata.*

– *Vous avez appris quelque chose ?*

– *Oui et non. Oui en ce qui concerne l'équipe de nettoyage et non en ce qui concerne le vol. Enfin, si vol il y a eu !*

– Vous en doutez ?

– Je ne sais pas, une intuition. Pardonnez-moi si je suis direct, mais pourquoi l'Élysée loge-t-il des employés sans papiers quai Branly ?

Là, tu verrais sa gueule, celle-là elle l'attendait pas. Paf ! En pleine tronche ! Il lui faut un moment pour répondre.

– C'est elle qui vous a raconté ça ? Vous me mettez dans l'embarras. Soit je vous vire en vous retirant l'enquête, soit je vous dis tout. J'hésite ! J'hésite ! Oh et puis je pense que vous êtes un homme d'honneur et que vous comprendrez ce qui peut être révélé et ce qui ne le peut pas. Lorsque le chef de l'état est revenu de sa visite chez Ididé Bobar avec son cadeau, il y avait un autre colis dans l'avion !

– Un autre colis ?

– Oui ! Un neveu de Bobar qui aux dires de ce dernier, était un artiste en devenir dans son pays. Une star montante du ciseau à bois. Une future vedette de la sculpture qui ne sollicitait rien de moins que le poste de ministre de la culture. Et le tonton, même si ce caprice l'emmerdait, pouvait difficilement refuser. Sauf que, passez-moi l'expression, le jeune homme est dans la stupidité, largement au-dessus de la moyenne. Du moins en

apparence, vous comprendrez plus tard pourquoi. Ididé Bobar, a donc demandé à notre président de bien vouloir accepter de confier le neveu en question, aux bons soins de nos services culturels afin de lui dégourdir un peu les mandibules. Sans pouvoir vous dévoiler les dessous de la visite officielle de notre président en Afrique, je peux vous dire qu'il s'agit de signer un contrat juteux entre nos deux pays pour l'exploitation du sous-sol Bobarien. Donc il devenait nécessaire que ce soit la diplomatie qui distribue les cartes. Le neveu fit donc d'autant plus partie du voyage de retour, qu'il était l'auteur de la tête de nœud en question. Vous voyez un peu le niveau artistique du sculpteur ! De retour en France, le neveu en question fut confié aux services culturels de sa propre ambassade avec gîte et couvert assurés. Il fut présenté à notre ministre de la culture madame Marie-Jo Conde, à charge pour elle de lui enseigner le B.a.-ba de la fonction ministérielle. Visites culturelles, expos, éducation comportementale, cours de maintien, discours etc. ...etc... Autant vous dire que notre ministre a vite compris que l'artiste avait autant de cerveau qu'un ver de terre, juste assez pour bouger la queue et qu'elle et ses subordonnés, avaient beaucoup plus de chances d'éduquer l'obélisque de la concorde que le neveu de Bobar !

– Et il a un nom ce neveu ?

– Moussa. Mais vous n'êtes pas au bout de vos

surprises avec Moussa !

– Il est con à ce point-là ?

– Of ! Et pire encore ! Stupide, ignare, avec un accent à couper au couteau, genre Prrréééésentément, jé vé déviniiirrr lé prrroooochain ministrrre dé la culturrre, là dis donc.

– Vous imitez pas mal ! Mais s'il est aussi con que ça, pourquoi l'avoir employé au nettoyage de l'Élysée ?

– Que voulez-vous que l'on fasse de lui ? C'est sur une suggestion de son ambassadeur Monsieur Bokaka Kabossé que la chose fut décidée. Impossible de renvoyer Moussa chez lui sans créer un incident avec son oncle. Il ne pouvait pas non plus passer ses journées à l'ambassade. Monsieur Kabossé nous a alors suggéré de le faire travailler au palais, au plus proche des réalités gouvernementales. En même temps Kabossé marquait des points. Imaginez un peu, annoncer à Bobar que son neveu et ce, grâce à son intervention, allait être employé à l'Élysée !

– Il a dû oublier de lui préciser que ce serait à l'entretien non ?

– La chose ne lui a pas été présentée comme çà. Il est censé avoir été nommé responsable des œuvres d'art et de leur bonne conservation. Il était

chargé de les répertorier et de les entretenir. Ca restait dans le cadre des accords avec le tonton et de plus nous avions un œil sur lui. Sans compter qu'il pouvait confirmer que sa tête de nœud offerte par son oncle était bien dans le bureau du président. Un bon coup finalement. Il y a cependant eu un petit hic. Voulant officialiser son affectation au palais par un acte qui, bien qu'écrit, resterait passablement officieux, faut pas déconner non plus, ce petit con nous as avoué qu'il avait quitté son pays dans la précipitation et oublié de prendre ses papiers !

– Et alors ?

– Et bien alors, papiers ou pas, nous savions qui il était et d'où il venait. Ce ne fut pas franchement un handicap. Un laisser passer, un badge et basta ! De plus il arrive tous les jours dans un véhicule de l'ambassade, donc pas de soucis, pas de risque de contrôle.

– Ok pour lui, mais pour les autres ? Celles et ceux de l'équipe du nettoyage.

– Eux, c'est pour une autre raison. Les finances de l'état sont au-dessous du niveau de la mer. C'est même dans les profondeurs des abysses qu'il faut aller calculer le désastre. La cour des comptes nous rappelle à l'ordre en permanence. Trop de dépenses, beaucoup trop ! Il faut foutre un sévère coup de patin. Virer des bouches inutiles un peu

partout. Armée, police, hôpitaux etc... Alors imaginez un peu, embaucher du personnel de nettoyage. Et quoi encore ? Des cireurs de pompes tant qu'on y est? Bon d'accord ça c'est pas le bon exemple ! Non non, que chacun foute un coup de balais et de serpillière sur son lieu de travail et c'est tout.

– Et en cas d'accident ou de maladie, qu'est-ce qui se passe ?

– Comme pour les salaires. On casque et ça disparaît dans les frais généraux. Mais bon, de tout ça, on s'en fout. Ce n'est pas pour enquêter sur ces points de détail que je vous ai sollicité. Il faut impérativement retrouver cette putain de tête de nœud !

– Sans vouloir ergoter madame Hymer, ce n'est pas non plus la fin du monde si cette sculpture n'est pas retrouvée. Faites-en fabriquer une copie et le tour est joué.

– Ha ha, une copie ! Si c'était aussi simple, croyez -vous que nous aurions eu besoin de vous solliciter pour résoudre ce problème ? Et puis imaginez un peu que l'original réapparaisse, vous voyez le scandale ? La France copie sans autorisation les œuvres d'art que les chefs d'états étrangers leur offre !

– À propos de ce Moussa, il semble qu'il ne se soit pas présenté au palais depuis quelques jours !

Vous ne pensez pas qu'il puisse y avoir un lien avec ce qui nous occupe ? Si c'était lui qui était parti avec sa sculpture ?

– Nous avons appelé l'ambassade, il est souffrant. Et puis pourquoi aurait-il récupéré son propre travail ?

Elza n'a pas le temps de rajouter un mot. Un ballon vient de lui arriver en pleine poire. Recommandé avec accusé de réception. Son pif déclare forfait. Elle doit respirer par la bouche qui sert de déversoir au sang qui lui coule des narines. Je vois arriver un gamin un peu penaud.

– Pardon madame, ze l'ai pas fait esprès. C'est Zizou qui m'a poussé quand z'ai donné mon coup de pied. Y voulait pas vous faire mal. Vous avez mal ?

– Évidemment espèze de grétin. Ze zaigne à brézent. Butain, qu'i zon gonds zes gamins. Fait sier merde. Mon tailleur est tassé bordel, il est soutu. Dégaze avant que ze te tire une mentale.

Le môme ramasse son ballon et détale rejoindre ses copains. Je tends un mouchoir en papier à Elsa. C'est clair que pour son ensemble blanc à liserés roses, ça sent la retraite.

– M'a fait mal ze gon !

Ce disant, madame Hymer jette un œil sur sa

montre et m'annonce brusquement qu'il est temps pour elle de se barrer.

– *Egoutez, on ze rabbelle, faut gue ze barte, z'ai une réunion imbordande au balais qui ne beut fouffrir le moinbre redard. On se rabbelle, excusez-moi !*

Et voilà ! En moins de vingt secondes je suis largué sur mon banc comme une chiure de pigeon. Madame Hymer détale comme un artisan devant son banquier. Je reste là, juste pour faire un peu le point sur cet entretien et tenter d'en extraire un jus comestible. J'en sais beaucoup plus sur le neveu de Ididé Bobar, j'ai la réponse sur l'embauche des sans-papiers, mais tout ça n'apporte pas une goutte d'eau à mon moulin, et puis Elsa a raison, Je ne vois pas le neveu aller piquer l'œuvre qu'il a lui-même réalisée et qui trône là ou n'importe quel artiste rêve de voir son travail exposé.... À l'Élysée !

Chapitre 5

Tu me diras ce que tu veux mais cet entretien au soleil des Tuileries, me conforte dans l'idée que Elsa Hymer me prend pour un con ! Elle en sait beaucoup plus qu'elle ne veut m'en dire. Surtout qu'en réfléchissant bien, pourquci aller chercher un enquêteur privé pour retrouver la trace d'un objet sans valeur marchande, sculpté par un illustre inconnu sans talent, et qui de plus, déplaisait à son destinataire, le chef de l'état ?

N'importe quel flicaillon de base du palais, aurait pu être chargé de ce boulot. C'est quoi l'enjeu ? Quelque chose m'incite à tenter de rencontrer ce Moussa. Je ne sais quoi mais après tout, il est quand même au centre du sujet. Je ne vois pas pourquoi l'ambassade ferait barrage. Neveu ou pas de Bobar, c'est un rouage insignifiant dans l'univers diplomatique. Voyons si je peux prendre contact avec cette institution. Mon ordi devrait me renseigner rapidement. Ah, voilà ! adresse et téléphone. Ok on y va ! Ça sonne, ça sonne, ça sonne ……. Et ça répond !

– *Ambassade du Zimbarundi j'écoute*

Et merde ! Je viens de me faire piéger comme le plus con des plus cons, maintenant tu sais de quel pays il est question ! Bon ben je compte sur toi cher lecteur pour vraiment fermer ta gueule ! Vraiment ! N'en parle à personne, pas même à ton clebs, je te fais confiance. Au point où nous en sommes, je pense que tu connais au moins le nom de sa capitale ? Si non je te le dis, c'est Bézanville.

– Oui bonjour, je vous appelle sur une recommandation de l'Élysée. J'ai besoin de m'entretenir avec Moussa, le neveu du président Ididé Bobar. Auriez-vous l'amabilité de me mettre en contact ?

– Moussa est sorti. Il faudra rappeler ultérieurement.

– Sorti ? Mais je le croyais souffrant et présent à l'ambassade ?

– Oui, c'est vrai mais il est sorti quand même, c'est pas grave sa maladie, juste un rhume.

– Ah bon, et vous n'auriez pas son numéro de portable, l'Élysée a oublié de me le communiquer ?

– Vous me gênez, c'est que je ne sais pas qui vous êtes, vous dites que l'Élysée vous a conseillé de nous appeler mais qu'est-ce qui me le prouve ?

– J'ai oublié de vous dire que c'est madame Elsa

Hymer qui ....

– En ce cas donnez-moi votre nom, je la contacte et si c'est bien le cas nous verrons. Désolé !

Clic, cet abruti raccroche avant que j'ai eu le temps de lui filer mon blaze ! Non mais t'as déjà vu un connard pareil ? Sérieux, t'as déjà vu ? Un pressentiment m'informe qu'il est inutile de rappeler. La ligne sera occupée. C'est volontairement que cet enfoiré a interrompu la communication. J'aime pas, mais alors pas du tout, qu'on me traite comme un paillasson de HLM. Je ne vois qu'une seule façon d'obtenir ce que je veux, encore une fois en passant par madame Hymer. Après tout pourquoi refuserait-elle de m'aider à rencontrer ce Moussa ?

– Allo, c'est Aubin. Pouvez-vous me passer madame Hymer ?

– Elle est très occupée, rappelez plus tard !

Et voilà ! Très occupée. Tu parles. Mon cul oui, mon cul ! Cette fois c'est sûr, on me prend réellement pour une truffe. Bon ben puisque c'est comme ça, je vais aller planquer devant l'ambassade et choper les personnes qui en sortiront. Il y aura bien un membre du personnel qui tombera dans mon piège et involontairement, me filera un tuyau. Tu vois, par exemple comme ça. Excusez-moi monsieur, ou madame hein, on s'en fout Pouvez-vous me dire si Moussa, le neveu de votre président est dans l'ambassade ? Le mec se méfie pas et me répond en toute franchise. Si c'est oui, j'attends ceux qui sortent et si c'est non, j'attends ceux qui entrent. C'est pas une brochette de sous fifres qui va me faire ch..r ! J'évacue ma rage lentement lorsque mon portable m'interpelle.

– *Oui ?*

– *Bonjour monsieur. Je suis monsieur Bokaka Kabossé, ambassadeur du Zimbarundi, on m'a informé de votre appel. En fait Moussa n'est plus chez nous, il est reparti au pays. Nous sommes désolés.*

– *Reparti ? Mais on m'a dit qu'il était malade et qu'il ne quittait pas l'ambassade !*

– *C'était le cas jusqu'à ce qu'il décide de retourner chez lui. C'était son droit le plus stricte.*

– *Mais comment a-t-il pu quitter le territoire français sans papiers ?*

– *S'il vous plait monsieur, contentez-vous de prendre note de ce que je vous dis et merci de ne plus importuner l'ambassade. Au plaisir.*

Au plaisir, au plaisir, je vais t'en foutre du au plaisir tête de nœud, (Tiens, je l'ai pas faite volontairement celle-là) Pour moi, la coupe est pleine. Je n'ai plus le moindre contact. L'ambassade c'est râpé et Hymer me laisse de toute évidence sur le carreau. Sauf que moi, faut pas se foutre longtemps de ma gueule. On m'a tendu un appât, j'ai mordu et je ne lâcherai pas. Je dois trouver un nouveau point d'appui. En attendant je vais aller prendre l'air, j'en ai bien besoin. Dehors, le temps est comme les musulmanes, voilé. Ouai ça va, je déconne, c'est juste une plaisanterie ! Même pas de moi d'ailleurs. Aller tient, je t'en fais une sur les cathos ! Oh et puis merde pas le temps, faut que je sorte.

À peine ai-je entrouvert la porte que je devine une silhouette sur le palier. S'il y avait un trou de serrure je jurerais qu'elle avait l'œil collé contre ! Mais voilà, y en a pas. Le visiteur est tout aussi surpris que moi. Un mec normal, bien de chez nous, bien sapé, bien dans sa peau, bien dans son monde bien dans ses pompes, bien disposé à sonner chez moi, juste il n'en a pas eu le temps c'est tout.

– *Monsieur Aubin ?*

– *En personne. Vous veniez chez moi ?*

Tu vois un peu la question à la con ? Évidemment qu'un mec collé contre ma lourde, la main à hauteur de la sonnette, n'allait pas chez la voisine ! Oui parce-que mon voisin est une voisine. Je sais que tu t'en fous, c'est juste pour dire. Une drôle de voisine d'ailleurs. Un mètre vingt-trois avec talonnettes, entre douze et treize kilos, mais quarante-cinq de pointure, peut skier sans louer de matos, juste besoin de farter ses semelles. Mais d'une discrétion à rendre jaloux un logement vide. Tu l'entends jamais, tu la vois jamais, tu sais jamais si elle existe vraiment sauf quand le hasard te fait croiser son ombre sur le palier et encore. Avec sa façon de se fringuer passe partout, tu ne fais pas la différence entre l'avant et l'arrière. C'est simple, quand elle part on dirait qu'elle revient ! Mais je ne sais pas pourquoi je te raconte ça, revenons à mon visiteur.

– Tout à fait, mais si je dérange je peux repasser plus tard.

– Heu.... Ben non, puisque vous êtes là et moi aussi, et vous êtes ?

– Charles Heston, vice-sous-secrétaire d'état aux affaires louches. C'est moi qui ait ordonné à madame Elsa Hymer de vous convoquer au palais.

– Ah mais oui, bien sûr, votre nom me revient. Sur la convocation !

– Exact ! Puis-je entrer ?

– Oh mais bien sûr, ravi de faire votre connaissance. Que puis-je pour vous ?

– Mais vous alliez sortir et comme ma visite risque de durer un peu.....

– Non, non, j'allais juste m'aérer un peu. Installez-vous. Une boisson ?

– Pourquoi pas !

– Bière, cognac, eau minérale ?

– Ce sera parfait !

Il est con ou il fait semblant ? Bon ben la décision est prise, cognac pour les deux.

– Et bien cher monsieur Heston, je vous écoute.

– Je n'ai pas pu vous recevoir moi-même, j'ai donc chargé madame Hymer de le faire. Mais j'ai cru comprendre qu'elle n'avait pas été ... Comment dire..... ? suffisamment explicite. Volontairement ou non, je crois qu'elle a occulté un certain nombre de points essentiels.

– Ce pourrait être volontaire ?

– Et bien avec ce genre de pouffiasse, tout est envisageable.

– Vous n'avez pas l'air de l'apprécier beaucoup ?

– C'est que cette morue, passez-moi l'expression, fait tout ce qui est en son pouvoir pour piquer mon poste. Imaginez un peu, passer de simple chargée de mission, titre on ne peut plus vaseux, à vice-sous-secrétaire d'état aux affaires louches. Ça en ferait bander plus d'un !

– Oui mais dans son cas, je doute.....

– Vous m'avez parfaitement compris.

– Et vous êtes venu compléter mes infos ?

– C'est tout à fait ça ! En fait, tout tourne, mais ça vous l'avez compris de suite, autour de ce macaque de Moussa ! Ce primate tombé de son arbre un jour de grand vent dans le jardin de son géniteur, Monsieur Ididé Bobar.

– Vous voulez dire que ce n'est pas son oncle mais son père ?

– Et oui jeune homme. Le coup des papiers oubliés, tu parles ! Ce vieux babouin de Bobar à enfumé notre président avec son histoire de neveu et pour que la vérité n'apparaisse pas, il a expressément conseillé à son rejeton de prendre le zinc présidentiel sans ses fafiots.

– Mais dans quel but ?

– Vous ne comprenez pas ? Ce putain d'enfoiré de président de carnaval, a foutu un espion directement dans les pattes du gouvernement français. En qui pouvait-il avoir plus confiance qu'en son propre fils ?

– Mais alors, le neveu sculpteur ?

– Aux crocodiles le neveu. Plus de témoin. Tombé de la pirogue pendant la chasse. C'est con hein ?

– Il était réellement l'auteur de la sculpture ?

– Ah ça, oui ! IL en avait sculpté des dizaines et des dizaines !

– Des dizaines de têtes de nœud ?

– Mais non, de nœuds tout court. Il était passionné par les nœuds marins. Allez savoir pourquoi ? la mer est à des centaines de kilomètres de son pays. Il sculptait des nœuds à longueur de temps. C'est cette erreur de la nature de Bobar qui a eu l'idée de lui en acheter un pour l'offrir à notre président lors de la visite organisée pour discuter de l'exploitation en commun du sous-sol Zimbarundien.

– Ah parce que le tonton a payé la sculpture au neveu ?

– Oui, mais ça, c'était pour la façade, le bon tonton généreux, grand admirateur de Moussa, fiston du frangin, devenait aussi par la même occasion, un mécène.

– Ah, parce que le prénom du neveu c'est.. enfin c'était réellement Moussa ?

– Bien sûr. Le Moussa rapatrié avec la délégation française s'appelle en réalité Ididé Bobar junior ! mais permettez-moi de continuer. Lorsque la transaction a eu lieu, l'œuvre n'avait rien d'une tête de nœud. C'était un nœud, juste un nœud.

– Vous commencez à m'intriguer !

– Et attendez la suite. C'est que c'est un sacré tordu notre Bobar. Un petit génie dans l'univers

des fils de putes. Parce qu'il fallait y penser croyez-moi. À peine en possession de l'objet, il l'a transmis aux services du contre-espionnage Zimbarundien qui en a fait la tête de nœud que vous avez en photo. À savoir un piège à con insoupçonnable. La sculpture est évidée, comblée d'électronique, disque dur, carte à puce, et tim et toutim, je n'y connais rien, deux yeux en verre y sont incrustés ainsi qu'une bouche entrouverte.

Vous fourrez le doigt dans la bouche, le système se déclenche. Un œil devient une caméra, l'autre dissimule un micro, le tour est joué. L'espion insoupçonnable ! Il ne restait à Ididé Bobar qu'à offrir au président français son cadeau de bienvenue, convaincre la délégation d'accepter un passager de plus, et à junior qu'à se faire embarquer pour la France, y jouer les crétins absolus pour démoraliser les services culturels, et se faire embaucher comme branleur professionnel à l'Élysée. C'est exactement ce qui s'est passé. Employé officieux au service de l'entretien et de la maintenance des œuvres d'art, il ne lui restait qu'à faire semblant de nettoyer coupes, vases, tableaux et bien sûr la tête de nœud pour retirer en toute discrétion la puce contenant les images et le son des entretiens privés captés dans le secret du bureau présidentiel, à la transmettre à cette vérole de Bokaka Kabossé et en placer une nouvelle dans la tête de nœud. Les infos étaient expédiées à Bézanville régulièrement, au moyen de la valise diplomatique. Ainsi, rien de ce qui se passait et se disait dans le bureau présidentiel n'échappait à Ididé Bobar. Il n'aurait pas été mieux informé s'il avait partagé le bureau du chef de l'état.

– *Alors là, cher monsieur Heston, vous venez de m'en boucher un coin. C'est incroyable ! mais pourquoi madame Hymer ne m'a-t-elle pas expliqué tout ça lorsqu'elle m'a reçu ?*

– *Parce-que comme je vous l'ai dit, cette courgette périmée, lorgnait ma place. Elle voulait se présenter comme la jeanne d'Arc de l'Élysée ! faire comme si elle avait tout découvert elle-même et passer ainsi pour la république personnalisée. Sauf qu'elle s'est fait court-circuiter par ma note de service qui lui intimait de vous convoquer au plus tôt.*

– *Elle savait réellement tout ?*

– *Bien sûr ! Cette brave Chipo Lata en avait vu beaucoup plus qu'elle ne vous en a dit. Vous le savez, le président détestait cette tête de nœud. Après quelques semaines, il ne supportait plus d'avoir l'œil attiré par cette merde. Il a donc demandé à ce qu'elle soit virée de son bureau mais reste cependant bien visible à l'Élysée qui allait devoir accueillir régulièrement des délégations Zimbarundiennes.*

L'objet fut donc déposé dans le bureau du conseil. Certes ce changement a dû fortement contrarier ce pauvre Ididé Junior de mes deux, mais il ne pouvait pas le replacer à son poste d'observation d'origine. Il devait désormais se contenter des enregistrements espacés du conseil des ministres. De plus, il risquait d'avantage de se faire piquer en tripotant la sculpture car bien peu de personnes avaient accès au bureau présidentiel. C'est ce qui est arrivé. Chipo Lata est entrée avec son aspirateur juste au moment où Moussa la peste noire, plus connu aujourd'hui sous le nom félon de Ididé junior, récupérait une puce au creux de sa main d'homme de Cro-Magnon. Trop tard pour en placer une autre, il reposa la tête de nœud et fila comme une dysenterie africaine sur une plaque de verglas.

Intriguée, Chipo s'empara de l'œuvre d'art et découvrit son secret. Elle en informa sa chef de service qui jeta un coup d'œil au nœud avant d'aller avertir Elsa Hymer qui elle, par contre, était bien décidée à ne rien dire à qui que ce soit d'autre qu'au chef de l'état. Imaginez un peu la promo pour elle !.

Seulement voilà ! Le hasard, ce sacré putain de hasard, a fait qu'en fin de journée j'ai croisé cette brave Chipo dans les cuisines. Elle venait chercher sa gamelle non pas quotidienne mais fréquente. Voulant lui paraître un homme abordable, j'engageais la conversation sur un point dont je me foutais en réalité comme de ma première chaude lance, à savoir comment se déroulait sa vie Élyséenne. Vous imaginez bien qu'elle m'a illico rapporté les événements de l'après-midi.

Fort de cette info, je tente de joindre Elsa la maudite qui pointait déjà aux abonnés absents. Tant pis, je décide d'attendre le lendemain afin de voir si elle allait mettre la hiérarchie au courant tout en préparant une note à son attention. Note dont je vous ai parlé, qui lui intimait de vous contacter illico. Pour des raisons de confidentialités, ce palais étant l'épicentre des ragots de tout poil, je souhaitais une … Disons enquête extérieure autant que discrète.

Comme je m'y attendais un peu, voir beaucoup, le lendemain matin, cette collaboratrice de bas étage ne fit aucune allusion aux événements de la veille. Ma missive lui fut donc transmise avant qu'elle n'ait eu le temps de tenter de dévoiler son info par un biais quelconque au chef de l'état. Niquée la pouffiasse ! Coiffée au poteau la morue, adieu la promo et la médaille. Dans le fion l'étendard de Jeanne d'Arc. Adieu sa tronche de Marianne en plâtre dans les mairies françaises. Son cul resterait vissé sur sa chaise de chargée de mission pour longtemps encore. Alors forcément,, de dépit, elle vous a dit le minimum obligatoire pour vous faire accepter la mission. Quand vous lui avez dit vouloir rencontrer Chipo Lata, vous lui en avez remis une couche.

– J'avoue que vous venez de me narrer une drôle d'histoire. Mais que voulez-vous que je fasse maintenant que Ididé junior s'est barré avec la tête de nœud ? Mais au juste, à quel moment il est revenu chourer la statuette ?

– Barré, ça ne risque pas ! Ce triste sire n'a aucun statut diplomatique et de ce fait, appuis ou magouilles de son ambassade, zobi. Coincé en France le trou du cul. Vous pensez bien que les consignes ont été passées immédiatement. Douanes, police, gendarmerie etc... Et avec description et photo à l'appui. Ididé junior est toujours en France. Probablement planqué dans son ambassade d'ailleurs. A la limite, de lui on s'en fout. L'important ce sont les infos qu'il a réussi à recueillir et à transmettre à Bézanville. Imaginez, plusieurs semaines d'enregistrements images et son, entre le chef de l'état et ses interlocuteurs. Toutes ces infos ultra secrètes, entre les mains de Ididé Bobar.

Et pour répondre à votre question sur la façon employée pour récupérer le nœud, la question reste en suspens. Mais la plus probable soit que Elsa Hymer ayant examiné l'objet, compris son intérêt et décidé de le laisser sur place pour piquer Ididé Junior sur le fait, ce dernier soit revenu dans le bureau le jour même au moment le plus propice. Il a dû continuer à vaquer à ses occupations tout en surveillant étroitement les allées et venues, se dire que Chipo l'avait balancé, constater que cependant le nœud restait à sa place, flairer le piège, et attendre en virevoltant discrètement dans les alentours, le moment d'agir et de disparaître.

– Ça me paraît vachement risqué. J'ai du mal à imaginer qu'il soit resté dans les lieux au risque

d'être interpellé par Elsa. Perso, je penche pour une autre hypothèse. Elle vaut ce qu'elle vaut mais essayez de l'examiner. Il se fait connement repérer par Chipo. Il sait qu'elle a vu son geste. Il constate l'agitation qui s'en suit, comprend que son piège à con est découvert, se barre illico mais sans attirer particulièrement l'attention, appelle son ambassade qui lui envoie un véhicule, appelle Chipo Lata sur son portable et lui promets la lune et toute les constellations si elle réussit à lui faire passer la tête de nœud. Personne n'ayant la moindre raison de se méfier d'elle, d'autant que c'est elle qui a alerté sa hiérarchie, elle comprend qu'elle a peut-être l'occasion de changer le cours de son existence de merde et elle accepte le marché. Elle chourave la sculpture avec l'air le plus innocent du monde, la fourre dans son sac, gagne tranquillement les cuisines, tombe sur vous qui la branchez genre Je suis sympa, votre vie m'intéresse, profite de l'aubaine pour vous mettre au parfum des événements de l'après-midi et loin d'imaginer qu'elle vient de vous la mettre bien profond, vous la remerciez et vous la voyez s'éloigner avec gamelle et tête de nœud au fond du sac !

– Alors là, chapeau ! Vous êtes réellement à la hauteur de votre réputation. Je ne suis généralement pas un homme grossier, mais là vraiment je suis sur le cul ! Sur le cul ! Bien sûr que c'est ça, bien sûr ! Putain de chierie de

connerie de merde, la tête de nœud était là, sous mon blaze, dans le sac de cette limace noire insignifiante. Oh la pute, me faire mettre sans vaseline par une blancos inexistante ! Oh la salooope ! Oh la truuuie !

– Et oui. Enfin c'est une possibilité, juste une possibilité. Ce qui m'interpelle un peu cependant, c'est que c'est elle qui a attiré mon attention sur Moussa. Enfin je veux dire Ididé Junior.

– Au contraire, c'est vachement malin ! Vous demandez à la rencontrer, vous êtes chargé d'une enquête sur un événement dont elle joue un tout premier rôle, comment mieux écarter les soupçons qu'en vous relatant ce qu'elle a vu et ce qu'elle a fait ?

– Oui oui, bien sûr, vous avez raison. Maline la Chipo. Elle m'a bien enfumé avec son accueil presque chaleureux, sa blanquette Élyséenne et son piton de la fournaise en bouteille. Ok. Et maintenant ? Vous êtes venu, vous m'avez rencardé sur Elsa, nous avons misés sur la probable complicité de dernière minute de Chipo Lata, qu'attendez-vous de moi ?

– Ce qu'on vous a demandé depuis le début. Retrouver si possible cette tarlouze de Ididé Junior, mais impérativement, mettre la main sur la tête de nœud. Car même si les puces ont été expédiées par valoches diplomatiques à

Bézanville, il reste le disque dur ! Et dessus la totalité des infos enregistrées depuis des semaines dans le bureau présidentiel.

– Beau programme ! Je suppose que le chef de l'état est au courant de la situation ?

– À présent oui. Il ne décolère pas. Il est même sorti de ses gonds en insultant le pseudo neveu du tonton. Ça m'a vraiment choqué. Rendez-vous compte, il a dit Ce cochon de Moussa Oui, oui, vous avez bien entendu Ce cochon de Moussa. J'en frissonne encore. Imaginez si tous les collaborateurs du président, les hauts fonctionnaires, se mettaient à tenir de pareils propos ? Mais que voulez-vous, la politique et la diplomatie étant ce qu'elles sont, dans l'immédiat, vu les enjeux, il n'y aura pas de vagues ! Ah, une dernière chose. On ne se connaît pas, je ne suis pas venu, tout ce que vous savez, vous l'avez découvert tout seul. Ça va drôlement la faire chier la Elsa Connassa !

Chapitre 6

La visite de Charles Heston valait la peine, mais par quel bout continuer ? Une seconde visite chez Chipo Lata s'impose. Pour tout te dire je suis déjà en route. Ce soir, elle ne me la fera pas à l'esbrouffe. Pas question de partager la blanquette et encore moins d'avaler son vitriol. Bon, c'est sûr, tout ce que j'ai échafaudé comme dirait Guillotin, n'est que pure supposition. Rien ne prouve qu'elle ait été et soit encore complice de Ididé Junior. Mais en la prenant au dépourvu, juste au moment où elle ne s'y attendra pas, ça risque fort de la déstabiliser et dans un moment de panique, elle peut craquer. Nous verrons bien.

Je toque contre la porte. Elle est là, j'entends comme de la musique. Pas de réponse. Je toque plus fort. Pas de réponse. Je fous trois coups de poings. Pas de réponse. Étonnant non ? Je pèse sur la poignée. T'as noté ? Je pèse ! c'est autre chose que j'appuie non ? Bon, t'as raison on s'en fout. C'est pas fermé, j'entre ! Ok, elle risquait pas de répondre Chipo. Elle est en vrac sur le plancher. À part le squelette de Lucie, on ne peut pas être plus mort qu'elle ! Bien qu'elle soit à plat ventre elle a le visage fixé sur le plafond. Demi-tour droite, comme on dit dans l'armée.

Un rappeur vomit ses conneries à la radio. Du genre « Oh ziva hé bouffon, je nique ta sœur et la police, je nique la France et ses complices, etc.... » Je lui ferme son clapet en appuyant sur off. Bon ben, en ce qui la concerne, je n'ai plus le moindre doute. Ididé Junior l'a bel et bien utilisée pour récupérer sa statuette. Il ne lui restait plus qu'à lui faire fermer sa gueule et c'est réussi. Je fais quoi à présent ? J'alerte la maréchaussée ? Pas très envie. Je vais avoir droit à quelques heures de garde à vue. Et vous êtes qui ? Et qu'est-ce-que vous foutiez là ? Et vous la connaissiez comment ? Et vous étiez où le six juin quarante-quatre à six heures ? Non, décidément, le mieux est de quitter les lieux sans omettre d'essuyer la poignée de la porte. Si par hasard on trouve quelques empreintes, rien d'anormal puisque je suis venu précédemment et que je ne l'ai pas caché.

Tout en regagnant mon véhicule, je me dis que cette fois, je n'ai vraiment plus rien à qui ou à quoi m'agripper pour continuer mes investigations. Si, il me reste l'ambassade. Si c'est bien Ididé junior qui a massé les cervicales de Chipo, c'est que non seulement il est bel et bien toujours ici, mais qu'il se déplace. Et si ce n'est pas lui, c'est donc son frère, comme c'est si bien dit dans la fable. De plus, je n'ai pas aimé du tout, la façon employée par Bokaka Kabossé pour me mettre hors circuit par téléphone. Je crois qu'il me vient une idée.

Si je laisse entendre à Môssieur l'ambassadeur de mes noix, que non seulement je sais tout, absolument tout, y compris sur le meurtre de Chipo Lata comme sur ses raisons et que s'il ne me reçoit pas je balance tout à la presse, je pense qu'il réfléchira sérieusement à la situation et m'étonnerait beaucoup qu'il prenne le risque.

Bon, c'est sûr, si je la joue comme ça, je risque aussi de me retrouver en cure d'amaigrissement à la morgue. À moi d'être prudent et de la jouer fine. Oh mais attend ! Je vais faire mieux que ça. Je vais me faire obtenir un rendez-vous par Elsa Hymer. Elle ne m'a pas largué sur le banc aux Tuileries en me disant de laisser tomber, mais pour redonner figure humaine à son blaire avant une pseudo réunion d'urgence à l'Élysée. Aller, faut battre le fer tant qu'il est chaud. Ça tombe bien, une place de stationnement se présente. Un créneau, voilà c'est fait, je coupe le contact et j'appelle.

– *Monsieur le détective, comment allez-vous ? désolée de vous avoir quitté rapidement la dernière fois, mais j'avais cette réunion et……*

– *Ce n'est pas grave, rassurez-vous je peux comprendre. En fait j'ai pas mal progressé dans mes investigations et il se pourrait que j'aboutisse rapidement.*

Quelques secondes de silence sidéral me font comprendre que je viens de prendre le point. Des fois tu en apprends plus avec telle personne qui ferme sa gueule qu'avec telle autre qui en a une grande. Je parle de la gueule bien sûr !

– Ah oui ? Et ça donne quoi ? Ca débouche sur quoi ?

Je lui dis tout ce que je sais et je peux te dire que si elle n'était pas assise, à présent c'est sûrement fait.

– Mais comment avez-vous fait pour avancer aussi vite et avec autant de détails ?

Oh mais simplement en suivant la piste dont vous doutiez beaucoup, celle de madame Chipo Lata qui comme je viens de vous l'annoncer, a payé de sa vie sa complicité de dernière minute. Et ça, croyez-moi, ça m'a réellement foutu très en colère. Tout ça pour vous dire que non seulement je ne lâcherai pas mon os, mais que je veux l'assassin de Chipo, la peau de ce salopard d'espion nommé Ididé Junior et non pas Moussa, mais ça vous le savez. Vous m'avez pris pour une truffe avec le coup du neveu, si si, pour une truffe, mais passons. Je vous disais donc que je veux la peau de Ididé junior, mais surtout vous remettre la tête de nœud avec son disque dur et toutes les preuves qu'il contient. Seulement, pour continuer mes investigations, j'ai besoin de vous. L'ambassade ne décroche plus lorsque mon numéro s'affiche et l'ambassadeur me la joue façon mépris. Il est impératif que je lui mette le nez dans son caca. Obtenez-moi un rendez-vous. Il ne peut pas vous le refuser. Il n'est qu'un pion entre Bobar et l'Élysée. Un pion sur le point de quitter l'échiquier. Pensez à vous si je vous ramène l'espion et les preuves de sa forfaiture !

– Ça veut dire quoi ça ?

– Simplement que si je parviens à remplir la mission que vous m'avez confiée, le pays à commencer par le Chef de l'état, vous en sera reconnaissant.

– Je ne sais pas si c'est réellement comme ça que je dois le prendre, mais admettons.

– Désolé si je me suis mal exprimé !

– Laissez tomber, je m'occupe de votre rendez-vous avec l'ambassadeur. Mais attention, même si je n'irais pas jusqu'à vous faire équiper d'un micro, vous me garantissez la transparence totale sur vos échanges ? Nous sommes bien d'accord ?

– Quelle question, n'est-ce pas précisément ce que je viens de faire ?

*

* *

Faut reconnaître que tu ne peux pas confondre l'ambassade du Zimbarundi avec celle des états unis. Quartier paumé, façade pisseuse, décor Louis XV fin de règne, voir Louis XVI mais après sa décapitation, quand les révolutionnaires ont fait pipi sur les fauteuils. Aucune importance, je ne suis pas là pour acheter.

– Monsieur l'ambassadeur va vous recevoir. Asseyez-vous, vous voulez un café ?

– Heu…… ! Bof, pourquoi pas !

Je pose mon derche sur le premier siège venu, je cramponne un magazine par instinct, je le feuillette machinalement. Tiens, ça je ne savais pas. Tu sais toi d'où vient le nom Afrique ? D'après l'article présentement sous mes yeux et un historien du nom de Ibn Khaldoun, il serait dû à un roi arabe du Yémen qui s'appelait Frigos Bin Qais Bin Saïfi.

Après la conquête des terres du nord, il aurait baptisé (Un arabe qui baptise, pas banal hein ?) C'est bon je déconne. C'est pour détendre l'atmosphère c'est tout. Donc, je disais, enfin non, je lisais, après conquête il aurait nommé le pays Ifriqiya.

Faut bien être dans une salle d'attente pour bouquiner des trucs pareils non ? Des magazines périmés depuis fin Mai 68, mais que chacun feuillette avec la plus grande attention, histoire de ne pas croiser le regard des voisins. Le mien s'appelle Bézanville mag. La tronche de Ididé Bobar, est pratiquement sur toutes les pages. Avec ou sans son sceptre, avec ou sans ses épouses, avec ou sans ses boubous nationaux, mais présent presque sur chaque page. Ah, voilà mon caoua ! Je pose le bouquin, j'avale mon jus, je pose la tasse et je reprends mon mag. Paraît qu'il y a là-bas des partisans regroupés en assos qui militent pour que le continent retrouve son nom d'origine. Il y en a qui n'ont vraiment rien à foutre dans ce monde. T'imagines chez nous, en France, des mecs militant pour que le pays s'appelle de nouveau la gaule ? Bon, ben nous allons en rester là sur ce sujet car on m'annonce que monsieur l'ambassadeur est disponible. Un couloir, des photos aux murs, des portes de chaque côtés, une au fond, j'entre.

– Entrez cher monsieur, installez-vous. Un café ?

– Non, merci, c'est fait.

– Alors, que puis-je pour vous ? Que lui voulez-vous à Moussa ?

– Et bien Monsieur l'ambassadeur, Moussa, qui d'ailleurs comme vous le savez ne s'appelle pas du tout Moussa mais Ididé Bobar Junior fils de monsieur Bobar, s'est mis dans une situation délicate pour lui-même, mais surtout pour votre pays et votre président monsieur Ididé Bobar.

– Mais que me chantez-vous là ? Qu'est-ce que ces élucubrations sans fondements ? Moussa c'est Moussa, le neveu du président, ni plus ni moins ! Qu'est-ce qui vous permet.....

– Les faits monsieur l'ambassadeur, les faits. Et il nous semble impossible que vous ne soyez pas au courant. Vous connaissez forcément le visage des personnes de l'entourage familial du président et principalement du fils.

– Mais quel faits bordel de merde ? Quels faits ? expliquez-vous !

Ah…. monsieur l'ambassadeur pète un plomb ! Il se dresse sur son fauteuil comme un coq de combat prêt à me voler dans les plumes. Je viens de lui porter un coup direct qu'il n'attendait pas. Je l'ai fait exprès, ça lui apprendra à mal me parler au téléphone. Il me fixe d'un regard noir (tu veux que je dise quoi ?) il me semble presque apercevoir de la fumée qui lui sort des narines. Grosse colère rentrée. Grosse envie de me coller un bourre pif. Mais voilà, un diplomate de haut niveau ne peut pas faire ça !

– J'y viens Monsieur l'ambassadeur, j'y viens. Mais très franchement je crois que vous en avez une petite idée. Votre protégé, Moussa si ce nom vous convient mieux, s'est servi de son cadeau présidentiel trafiqué, oh combien intelligemment, pour enregistrer durant quelques semaines, images et son, les conversations privées ayant eu lieu dans le bureau de notre président. Et ça, vous l'imaginez aisément, ça passe très très mal dans les gosiers étroits des membres de notre gouvernement à commencer par celui du Chef de l'état. Si je voulais être grossier, excusez-moi, je dirais qu'ils se sentent enfilés sans vaseline.

– Mais ça va pas non ? Comment pouvez-vous porter de telles accusations ? C'est grave, très grave, vous parlez d'espionnage et au premier niveau !

– Eh bien voilà monsieur l'ambassadeur, c'est vous qui le dites, nous parlons d'espionnage.

– Mais c'est quoi ces conneries de cadeau truqué ?

– Bon, écoutez, je vous expose tranquillement les faits dans l'ordre et ensuite vous me donnerez votre avis sur ce problème.

Je prends bien mon temps pour relater les faits dans l'ordre chronologique à Monsieur Bokaka Kabossè bien que je reste persuadé qu'il en sait autant sinon plus que moi. La diplomatie politicarde étant un jeu, nous faisons une partie l'un contre l'autre. Un qui sait que l'autre sait parfaitement tout et l'autre qui sait que l'un sait qu'il est pris pour un con mais qui fait semblant de ne pas le savoir. Je ne sais pas si tu me suis. J'ai sur lui un gros avantage, je ne suis pas diplomate, je ne suis pas dans la politique et personne ne peut me limoger ou me foutre au placard.

Cela dit, je lui reconnais un réel talent de comédien. Au fur et à mesure que j'avance dans mon récit, son visage s'adapte aux événements. Surpris, outré, étonné, coléreux, abattu, effaré, contrarié, contestataire et j'en passe. Le plus marrant c'est qu'il ne me coupe jamais la parole. Il encaisse tout. Je crois que si je le traitais de tête de nœud dans mon élan, il ne réagirait même pas. Mais comme je ne vois pas pourquoi j'irais lui dire un truc pareil, je ne lui dis pas.

Je termine avec l'assassinat de cette pauvre Chipo

Lata et la disparition du faux Moussa mais vrai Ididé Junior et celle de sa sculpture.

Voilà où nous en sommes Monsieur L'ambassadeur ! Maintenant j'attends vos explications ou remarques.

– Mes explications, mes explications, je ne sais pas moi, je n'en ai pas, j'ai été trahi, trompé, honteusement trompé !

Je suis un homme d'honneur. Dans la politique depuis des années. On m'a trompé vous-dis-je ! Je ne sais rien, je n'étais pas au courant. Ok, je vous ai menti sur Moussa, je savais très bien qui il était. Mais pour le reste, je vous donne ma parole. Je n'ai jamais entendu parler de cette tête de nœud. Enfin si, mais comme une simple œuvre d'art. Mais putain, que faut-il que je dise pour que vous me croyiez ?

– Mais la vérité c'est tout !

– Mais bordel, je me tue à vous la dire ! Mon président m'a confié son fils à charge pour moi de l'héberger et d'en prendre soin, de veiller sur lui quoi, c'est tout. C'est vrai que je le prenais pour le plus con du continent africain, c'est vrai, mais je n'avais pas d'autre choix que d'accepter sa présence. Si je vous ai rembarré au téléphone, c'est que ce petit connard a réellement disparu depuis quelques jours et que mon principal souci c'est de remettre la main dessus dans les meilleurs

délais. Parce que si je dois annoncer à son père que je ne sais pas ce qu'il est advenu de son fiston, non seulement je saute mais je fini en trophée de chasse dans son bureau. Je ne sais même pas s'il est au courant des agissements de son fils. Si ça se trouve ce petit abruti a fait ça tout seul, histoire de se défouler un peu.

– Là franchement vous me prenez pour une bille monsieur l'ambassadeur. Il n'a aucune compétence pour fabriquer un piège à con aussi complexe. Ce sont forcément vos services d'espionnages qui ont réalisé la modification de la tête de nœud !

– Oui, bon, vu comme ça, c'est sûr ! Mais en ce qui me concerne je ne sais rien, je n'ai jamais été au courant. Avec le projet bien avancé d'une participation financière et économique entre mon pays et la France, je vois difficilement l'intérêt pour Ididé Bobar de courir le risque de tout faire capoter.

– En admettant que je vous crois, vous n'avez réellement aucune idée de l'endroit où il peut se trouver ? Parce-que c'est autant votre intérêt que le nôtre de mettre la main dessus. À ce jour le contrat est vachement compromis. L'Élysée attend une preuve indiscutable d'une manipulation Bobardienne si je peux dire, avant de réagir, mais votre gouvernement a le cul sur un sifflet de cocotte-minute.

– Il y a peut-être, mais je dis bien peut être, une possibilité qu'il se soit réfugié chez des adeptes de cette secte politico religieuse dont les adeptes réclament une unification de toutes les nations d'Afrique sous son ancien nom, mais ce n'est qu'une supposition.

– A oui, Ifriqiya ? Je viens de lire l'article sur un magazine dans la salle d'attente. Et c'est quoi cette plaisanterie ?

– Oh, rien de très sérieux, un agglomérat de crétins de plusieurs pays Africains reliés à travers les réseaux sociaux, des illuminés dirigés par un gourou qui prétend être le véritable fils de dieu puisque l'Afrique est considérée comme le berceau de l'humanité. D'après ce simple d'esprit, Jésus n'était qu'un usurpateur. Le fils de Dieu, le Messie tant attendu, ne peux être que noir.

– Et cette secte aurait des ramifications en France ?

– Oui, et pas seulement. Les pays disons, développés d'Afrique, les pourchassent afin de les mettre hors d'état de nuire, car les têtes pensantes si je puis dire de cette organisation balbutiante, ratissent les couches les plus fragiles et facilement malléables de la population. Grâce aux réseaux sociaux, ils peuvent les manipuler à distance, là où ils ne risquent pas d'être interpellés et mis à l'écart

– Et Ididé Junior avait des liens avec eux ?

– Bien sûr ! Le fils d'un Chef d'état, vous imaginez !

– Mais si vous le savez, son père doit bien le savoir aussi non ?

– Je suppose que oui ! Comme je suppose qu'il sait très bien que Ididé Junior souffre d'un manque affiché de neurones. Il a donc fait foutre au trou une partie des relations douteuses de son rejeton, lui a promis un poste au sein du gouvernement, avant de l'expédier à l'étranger pour l'éloigner des nuisibles.

– Et l'étranger, c'est la France ?

– Oui, grâce au contrat en préparation. Vous connaissez la suite.

– Voilà une piste qui débroussaille pas mal dites-moi.

– Oh, comme je vous ai dit, c'est juste une supposition ! Il peut en réalité être n'importe où !

– Sans doute, mais je vais tout de même m'accrocher à cette piste. Je commence à vous croire quand vous vous défendez d'être au courant pour l'affaire d'espionnage. Je vais transmettre cet entretien à qui de droit. À propos, elle s'appelle comment cette secte, et en France elle serait planquée où ?

– Elle se fait appeler (LéZéLu) ce qui en français signifie (Jésus n'est pas un salami) ce qui ne veut rien dire évidemment, sauf si on veut faire référence à la charcuterie, le Jésus de Lyon. Mais là c'est vraiment tiré par les tifs. Ils sont situés dans le sud-est de la France, au-dessus de St Frusquin qui comme vous le savez est le saint patron des tailleurs de costars en toile de jute millésimée !

Chapitre 7

Ma visite à l'ambassade a fait des remous. Ne souhaitant pas participer aux querelles intestines entre membres du palais, j'ai pris soin d'informer mes deux contacts du résultat de cet entretien. Ça n'a pas traîné. C'est vers le bureau de Charles Heston que je suis conduit par un laquais (On dit pas ça ? Ah bon !) drapé dans sa dignité, tête haute, pas assuré, courbettes professionnelles, dans les couloirs du ministère des affaires louches. Et celle-là s'en est une non ?

– *Si Monsieur veut bien se donner la peine !*

Je me la donne. Bof, j'attendais mieux. Un burlingue classique de l'administration. Le décor idéal pour s'entraîner à faire la gueule. J'attendais des dorures et des moulures, du mobilier de style à faire pâlir un baron de l'Empire, un tapis grand comme un terrain de golf, des lustres lustrés à pendeloques lumineuses, une cheminée orgueilleuse de sculptures de marbre, ben c'est moi qui reste de marbre. Pas de Ouaaaaa ! Pas de Ooooh ! Pas de Putaiiiin ! De mes attentes déçues il ne se trouve qu'un sac de toile grisâtre pour clubs de golf, planqué dans un angle depuis pas mal de temps puisqu'un squelette d'araignée collé à ce qui fut sa toile, fait l'objet des moqueries des mouches qui tourbillonnent autour. Qui plus est, je suis seul dans ce triste univers, monsieur le sous-secrétaire d'état auprès du ministre des affaires louches semble avoir du retard. Une chose m'interpelle cependant. Devant le bureau, trois sièges, celui ou je pose élégamment mes miches et deux autres en attente d'éventuels postérieurs. Ah, ils arrivent. Je me lève. Charles Estonne ouvre les bras comme s'il avait l'intention de m'embrasser, mais non, ouf, il se contente de les rabattre sur mes épaules en vieux copain qui ne m'aurait pas vu depuis de longues années. Nous ne sommes pourtant pas censés nous connaître.

– Cher monsieur, enchanté de faire votre connaissance. Permettez-moi de vous présenter Monsieur Louis Thibault de La Panosse, Notre ministre des affaire louches et néanmoins ami et arrière-petit-fils de Louis-Jacques-Pierre-André du même nom, inventeur de la serpillière.

Je me répands en courbettes et salutations respectueuses tout en lui serrant la louche. Il a les mains moites monsieur de la serpillière. Devrait en avoir une toujours dans sa poche.

– Je ne vous présente pas cette chère amie Elsa n'est-ce pas, vous sous connaissez déjà !

Putain le faux cul, j'aurais pas cru, il me l'a

présentée comme sa pire ennemie voleuse de job, capable des pires coups tordus, et le voilà qui lui sert du très chère amie à la louche. Me déçoit le sous-secrétaire, me déçoit ! Bon d'un autre côté il n'allait pas non plus lui bourrer la gueule devant moi et le ministre hein ? Charles Estonne contourne le bureau, s'installe sur son fauteuil, nous fait signe de prendre place et plaque ses deux mains sur son burlingue fier d'avoir assis face à lui à une place de sous fifre, son supérieur hiérarchique immédiat. Je sens que ça lui fait du bien d'être le mâle dominant pour quelques instant.

– Monsieur le ministre, je vous laisse le soin de poser vos questions à notre très efficace détective.

Monsieur le ministre qui a eu la délicatesse de laisser le siège du milieu à Elsa Hymer est un peu obligé de se tordre le cou pour m'adresser la parole vu que la très chère Elsa en en plein dans sa ligne de mire. Pas encore revenu à son état initial son tarin. Toujours tuméfié. Un poil enflé. Tu crois qu'il avancerait un peu son siège ? Non, il a l'air d'une autruche mais il s'en fout.

– Cher monsieur, mes collaborateurs ne tarissent pas d'éloge à votre encontre et à en juger par vos résultats, c'est amplement mérité.

Je me contente de dodeliner de la tête avec l'air gêné du mec qui laisse entendre qu'il n'a fait que son travail et rien de plus.

– Mais si, mais si ! Votre efficacité et en si peu de

temps nous a permis de confondre ce sale morveux de négro plus con qu'une bourriche de moules, et plus tordu qu'un cep de vigne. Pour tout vous avouer, de cette crotte de chèvre naine, on s'en tamponne. Ce qu'il nous faut impérativement récupérer c'est la tête de nœud et les infos qu'elle contient. Mais pour ce qui concerne le neveu de l'autre président de république banane flambée, ben si hein ? Pour lui c'est grillé, carbonisé, si un malheureux accident pouvait lui arriver, je ne sais pas moi, une balle perdue, un cancer foudroyant, une mine oubliée, on ne va pas encore s'emmerder avec un jugement, une condamnation qui nous coûtera encore du fric pendant des années, non vraiment si vous pouviez nous éviter ces problèmes !!!

– En fait Monsieur le ministre, il n'est pas le neveu, mais le fils de Ididé Bobar. J'allais vous expliquer tout ça.

– Quoi ? Le fils ! Mais d'où tenez-vous cette info ? Cette petite varlope bronzée est le fils de Bobar ?

– Et oui ! affirmation de monsieur Bokaka Kabossé. Pour être poli, Ididé Bobar vous a tous enfumés. Mais je suis étonné que vous ignoriez ce détail.

Là, je viens lâchement de foutre un pavé dans les jardins de Elsa Hymer et Charles Heston.

– Enfumés ? Mais dans quel but ?

– Espionner la France au plus haut niveau. En qui pouvait-il avoir plus confiance qu'en son fils qui de plus se trouvait chaque jour au palais de l'Élysée et pouvait s'y balader assez librement ?

– Mais c'est vraiment un pourri ce Bobar, pas une once d'honneur, pas d'amour propre, alors là, si tout ça se confirme, il va falloir la jouer fine. On va voir qui va enfumer l'autre. Sans la France, c'est avec une pelle et un râteau en plastique qu'il va devoir exploiter son sous-sol. Je vais informer notre président de la situation et si vous voulez mon avis, rira bien qui rira le dernier ! Mais pour ce qui concerne leur ambassadeur, vous semblez adhérer au fait qu'il n'était pas au courant ? J'ai peine à croire qu'il ait pu confondre le fils avec le neveu de son président.

– Il n'a pas confondu, il savait qu'il y avait magouille à ce point de vue. Sans trop comprendre pourquoi d'ailleurs, mais connaissant les facéties dont est capable Ididé Bobar, il n'a pas cherché à approfondir. L'important pour lui était de faire admettre son protégé dans l'entourage du gouvernement Français. Ce qui a été réussi.

– Je pense qu'il ne ment pas quand il dit ne pas savoir où se trouve Ididé junior. Si c'est lui qui a assassiné madame Chipo Lata, il doit tenter de fuir

aussi loin qu'il le peut. D'après l'ambassadeur, il pourrait faire en sorte de rejoindre des adeptes de la secte LéZéLu qui se trouverait dans le sud vers Saint Frusquin. Une piste que je vais suivre à tout hasard.

– Ah oui ! Encore des tarés faibles d'esprits qui se prennent pour le messie ! Mais comment espérez-vous vous infiltrer la dedans ? Vous êtes aussi noir que Blanche neige et d'après les infos qui m'ont été transmises, tous les adhérents sont blacks ! Ce qui me semble logique d'ailleurs.

– J'ai réfléchi à ce problème, répond Elsa. Il lui faut un partenaire d'origine Africaine. Nous ne pouvons pas le peindre en noir, je ne vois donc que cette solution. Je me suis permise d'adresser une missive au ministre de l'intérieur sur le sujet. Une personne qui parviendrait rapidement à infiltrer ces abrutis.

– Et alors ?

– Et alors Monsieur le ministre, j'attends un rendez-vous avec une collaboratrice du ministre de l'intérieur.

– Il faudrait quand même que ça ne tarde pas trop. Il y a urgence, car si Ididé Junior se ballade avec la tête de nœud, il ne faut pas lui laisser le temps de se barrer hors de nos frontières ! Je sais qu'il y a beaucoup de si dans tout ça, mais si par hasard cette piste ne mène à rien, nous aurons

perdu un temps précieux. Qui est la collaboratrice en question ?

– Charlotte Hofrèse. Je crois qu'elle a passé quelques années à l'ambassade de France à Bézanville. Elle doit avoir la compétence requise.

– Ah, mais je la connais très bien la Charlotte. Une fille très efficace, une fonctionnaire comme on en fait plus ! Dévouée corps et âme à la nation. Mariée à l'état quoi. Par contre, un caractère de merde ! Je l'avais branchée un jour sur une histoire de détournement de fonds publics au ministère des finances, un haut fonctionnaire était suspecté d'en être l'auteur avec la complicité de quelques subalternes dévoués et son nom apparaissait sur la liste. Elle a piqué une crise d'hystérie, je vous dis pas. J'ai cru qu'elle allait m'arracher les yeux. Elle était tellement sûre d'elle, tellement persuadée qu'on ne trouverait rien, qu'elle a parié deux briques avec moi, une belle somme à l'époque qu'elle sortirait blanche comme neige au terme de l'enquête. J'ai pu m'acheter ma baraque à Deauville et l'appart de Nice. Finalement, pour elle, il n'y a pas eu de suites. Depuis je peux lui demander ce que je veux. Je vais la contacter. Sans vouloir vous passer dessus ma chère Elsa !

Je ne peux pas être affirmatif, mais il me semble qu'il a murmuré (quoi que) Ce dont je suis sûr en revanche, c'est que depuis un moment, j'ai l'impression d'être absent de la réunion. Ca jacte, ça se congratule, ça prend des dispositions, mais c'est quand même de mon enquête qu'on parle bordel ! J'ai peut-être mon mot à dire.

– Excusez-moi de vous interrompre mais je n'aime pas beaucoup travailler avec un tiers, ça me perturbe toujours un peu.

– Mon cher ami, c'est ça ou je vous confie à un copain carrossier qui en deux coups de pistolet vous fera bronzer comme vous ne l'avez jamais été. Un blanc n'aura jamais la moindre chance de pouvoir se mêler aux disciples de ce marabout de mes noix ! Il va vous falloir admettre une présence étrangère et surtout bien vous entendre avec elle. Vous avez quelque chose contre les noirs ?

– Non, non, absolument rien, je vous assure ! Comment pouvez-vous supposer .... ? Non, c'est juste que vous allez m'obliger à me placer en seconde ligne. Lui dedans s'il y parvient et moi dehors à me demander s'il est encore vivant !

– Mais qui vous dit qu'il va s'agir d'un homme ? Une femme serait peut-être moins épiée, du moins au début.

– Ah non ! Non non et non !!! Je peux comprendre les raisons de cette association momentanée mais avec une nana, c'est hors de question ! Je ne suis pas célibataire sans raisons. Un mec, ça peut se défendre, ça peut être amené à prendre des

décisions brutales et immédiates, mais une femme ! Je fais quoi moi s'il lui arrive quelque chose une fois admise à l'intérieur ? S'ils la repèrent et la mettent hors d'état de transmettre la moindre information à l'extérieur ? Comment voulez-vous que j'ai la moindre possibilité de mener correctement mon enquête si je suis dans l'angoisse permanente ? Non, je veux bien faire un pas vers vous en acceptant un adjoint, mais je veux au moins être sûr que ça ne perturbera pas mon travail.

– Ça va, je vous disais ça comme ça, mais nous n'allons pas non plus, vous faire défiler devant une brochette de candidats. Vous prendrez celui qui nous paraîtra le plus apte, le plus efficace et surtout le plus réactif en cas de problème. Je vous remercie nous vous remercions pour avoir pris la peine de venir nous exposer la situation à ce jour, nous vous recontactons dès que possible, je dois retourner à d'autres préoccupations. Je vous laisse et encore merci à vous trois pour votre dévouement. Messieurs, ma chère Elsa ……

Et sur ces derniers mots, notre ministre nous largue comme des vieilles paires de grolles.

Chapitre 8

Avant de m'embarquer pour Saint Frusquin, j'ai quand même voulu m'assurer qu'il y avait bien un groupe d'adeptes de la secte LéZéLu sur place. Un coup de téléphone à la mairie m'a confirmé ce fait, sans savoir précisément le nombre de ces énergumènes. On parle d'une centaine. Difficile également de savoir ce qui se passe derrière les murs de la propriété. Un château situé au-dessus de la cité et acheté il y a deux ans par une SCI représentée par un certain Kiloutou Cekilfo, d'origine Africaine. Achat rapide, oseille sur la table, travaux de rénove dans les règles, château classé donc pas le choix, pas de problèmes particuliers, environnement calme, propre, entretenu, bref… RAS.

Seul bémol, un chapiteau pouvant contenir au moins un millier de personnes a été dressé dans le parc, côté opposé à l'entrée, sans la moindre autorisation. Le maire ferme les yeux car le barnum ne se voit pas de la route, donc aucune nuisance visuelle ou sonore puisque caché par la construction. Pour le reste, un minibus anonyme, pas de pub, pas d'inscription, pas de signes particuliers, amène cinq ou six membres au super marché (Kroisement) Oh merde on m'avait dit pas de pub, où ils remplissent des chariots jusqu'au gosier avant de remonter au château.

Apparemment l'ensemble de la communauté serait black. Jamais vu ou aperçu la moindre face blafarde parmi eux. Quand à ce qui se passe intra-muros, pas d'infos, rien ne filtre. Personne à l'église, personne chez le toubib, personne à la pharmacie, personne à la boulangerie, personne en balade autour de la propriété. Une discrétion qui fait jaser mais c'est tout. Fort de ces informations, j'ai pris la route de Saint Frusquin en compagnie de Singa Poor, mon co-équipier. Sur la recommandation du ministre des affaires louches, j'ai pu m'entretenir avec madame Charlotte Hofrèse et lui faire comprendre la nécessité de me faire accompagner par un agent ayant les caractéristiques nécessaires pour passer avec succès les tests de recrutement imposés par la secte.

Finalement Singa Poor me convient parfaitement. Un mec passe partout, ni grand ni petit, ni gros ni maigre, ni beau ni laid, ni trop typé ni pas assez, un mec normal quoi, qui n'attire pas le regard. Mon contraire sur ce point. (Ben oui, ben qu'est-ce-que j'y peu ? T'as qu'a t'en prendre à tes parents !) Qui plus est, il ferme toujours sa gueule. Du moins, il ne l'ouvre que quand c'est vraiment nécessaire. Une heure d'entretien dans le bureau de Charlotte Hofrèse en compagnie de Elsa Hymer et Charles Estonne afin de lui expliquer les tenants et aboutissants de l'affaire qui nous concerne, m'a permis de jauger le bonhomme. Ok pour moi.

C'est pourquoi, ce matin, au lever du jour, nous avons pris la route de Saint Frusquin. Je ne te raconte pas le voyage, aucun intérêt. Bouchons pour quitter la capitale, autoroute surchargée, poids lourds cul à cul, lot habituel d'abrutis excités, arrêt station-service avec passage au pissaudrome, re-autoroute, péage, route goudronnée à deux voix (NON ! Il n'y a pas de faute, j'ai mis un X exprès car j'écoute chanter mon moteur) caravanes pour faire chier, virage sur virage, pointillés sur quinze mètres ou sur la voie d'en face pour faire chier, lignes droites de deux bornes avec ligne blanche continue pour faire chier, bref, un trajet normal quoi.

Sans surprise, sans histoire et voilà. Le panneau bordé de rouge est dans la ligne de mire. Saint Frusquin. Ville fleurie. Jumelée avec Zvckzhqwszi. Saint Frusquin est une ville classique du sud-est, sympa et accueillante. Vingt mille deux cent treize habitants et demi. Oui, il y a un cul de jatte. Mais tu connais forcément, tu traverses ce bled tous les ans quand tu pars en vacances chez ta beldoche. Inutile donc que je me répande en détails inutiles. Ah, le voilà ! Hôtel restaurant du Château. Difficile de l'appeler autrement. Un air de famille certain. Le château est là, un poil plus haut à deux cents mètres.

Médiévo-renaissance (ça se dit pas ?) tant pis trop tard. Mélange des deux quoi. Me demande pas de te le décrire, ça remplirait tout le bouquin. C'est un château quoi ! L'urgent, c'est de prendre possession de nos clés de chambre, une douche, et direction la mairie où le maire nous attend d'ici une heure. Je sais qu'il ne sait rien mais qu'il dira tout quand même. Je tente cependant de cuisiner un peu l'aubergiste. (t'as compris, cuisiner, aubergiste ? Bon laisse tomber)

– Dites-moi cher monsieur, votre hôtel a un air de famille avec l'architecture du château non ?

– Oui, c'est une ancienne ferme fortifiée qui a appartenu aux différents seigneurs. Elle a été modifiée à travers le temps un peu comme le château lui-même.

– Et il est occupé ce château ? (Plus faux cul, tu peux pas hein ?)

– Oui, depuis deux ans. De drôles de paroissiens si je peux dire. Que des noirs, pas un blanc.

– Ah bon, Et qu'est-ce qu'ils font dans ce château ?

– Allez savoir. Jamais dehors. Cloîtrés là-dedans comme des moines. Pour ça, on peut pas dire qu'ils dérangent.

Sur ce, je largue mon aubergiste et gagne ma chambre. Pas le temps de me reposer un instant, Singa Poor toque à ma porte. Le maire nous attend, c'est l'heure. La mairie est à cinq cents mètres, nous y allons à pinces. Monsieur le maire nous salut avec empressement et une certaine fierté qui s'affiche sur sa bobine avenante. Forcément hein, deux pointures parisiennes envoyées par le ministre des affaires louches, ça lui refile un coup de peinture à l'élu.

– Messieurs, c'est un honneur, vous avez fait bon voyage ? une collation peut être ? Un petit alcool ? Venez, suivez-moi. Entrez et installez-vous. Simone, la bouteille de fine s'il vous plait. Alors messieurs, que puis-je pour vous ? J'ai cru comprendre que vous vous intéressiez aux occupants du Château ?

– Effectivement. Monsieur Singa Poor ici présent et moi-même, menons comment dire ? Une enquête des plus discrète sur ses occupants. Oh rien de très précis, c'est pour ainsi dire informel, nous n'avons rien à reprocher à ces gens. Cependant si vous pouviez nous éclairer un peu ?

– Eh bien, comme vous venez de le dire vous-même, nous n'avons pas grand-chose à en dire. Discrets, pas de vagues, ils ne sortent jamais ou si peu dans la ville, non vraiment, je ne vois pas....

– Et ça ne vous étonne pas cette discrétion ? On parle quand même d'une centaine d'occupants ? On parle aussi d'un Barnum monté dans la propriété, il doit bien s'y passer quelque chose sous ce barnum ?

– Sûrement, mais nous ne voyons rien et

n'entendons rien. D'après les inévitables ragots, ils y donneraient des messes. Mais là encore, rien de certain. Ce sont des gamins de la cité des Glandeurs qui auraient réussi à s'infiltrer une fois ou deux dans la propriété qui ont fait circuler cette rumeur mais rien ne prouve quoi que ce soit.

– La cité des Glandeurs ?

– Oui, une sorte de ville dans la ville. Construite là où il y a bien longtemps, les paysans venaient ramasser des glands. Il devait y avoir des chênes à l'époque.

– Et comment vos gamins, auraient-ils pu pénétrer dans l'enceinte du château ?

– Eh bien, pour tout vous dire, cette cité regroupe une forte concentration africaine, alors peut-être, ceci favorise-t-il cela ? Mais qu'est-ce qu'elle fiche avec l'eau de vie ?

– Et ces gamins, il serait possible de les rencontrer ? demande Singa. Vous les connaissez bien ?

– Oh, sans plus. Des ados un peu paumés, pas de boulot, petite délinquance pour survivre, un peu de trafic de came, quelques bagnoles cramées, de menues agressions pour quelques pièces, un ou deux règlements de comptes par semaine à coup de pétard, du classique quoi. Mais qu'est-ce qu'elle fiche avec la gnôle ? SIMONE… Et ces

boissons ?

– *Voilà, j'arrive, je cherchais quelques chips !*

Effectivement, Simone arrive avec son plateau. Brave femme Simone, bien de cheu nous, bien dévouée au maire et à la commune. Bouteille de fine, petits verres, assiette de chips et boîte de cigares avec allumettes et cendriers. Doivent pas s'emmerder au conseil municipal dans le bled. Le maire la remercie d'un geste de la tête et Simone s'efface discrètement. En moins de temps qu'il n'en faut pour le dire, les verres sont pleins, et la boîte ouverte.

– *À votre santé messieurs, un cigare peut être ?*

– *Et votre police municipale dans tout ça ?*

– *Oh, nous évitons le rapport de force. Vous savez, nous les chassons d'ici, ils s'installent là-bas. Vous connaissez le problème.*

– *Je vais quand même aller traîner mes pieds dans le coin, déclare Singa. De moi, ils ne se méfieront pas. Je peux peut-être nouer un ou deux contacts.*

– *Vous faites comme vous pensez, mais attention, ils sont parfois violents, je ne voudrais pas....*

– *Ne vous inquiétez pas pour moi. Je serai très vigilent et si je ne le sens pas trop, je n'insisterai pas !*

– Comme vous voulez. Au pire, j'avertirai la municipale qui se tiendra prête. Au cas où !

– Elle est importante ?

– Nous avons un effectif de trois policiers dont deux femmes. Difficile de recruter de nos jours.

– Trois policiers pour vingt mille habitants ?

– Malheureusement oui. Faut dire qu'ils n'ont plus le droit de faire grand-chose. Les ordres viennent d'en haut. Pas d'opération risquant de mettre le feu aux poudres. Éviter de pénétrer dans la zone dangereuse avec un véhicule de police. Éviter d'interpeller pour des broutilles comme les véhicules incendiés, Il y a les assurances, ou encore les feux de poubelles, ou le non-port du casque, ou le port d'armes de première catégorie, ou le petit trafic pour quelques gramme de cocaïne. Privilégier plutôt la chasse aux stationnement frauduleux. Genre fourgons de livraisons qui bloquent la circulation, la mémé qui laisse son chienchien faire ses besoins sur le trottoir, distribuer les places sur le marché, etc.. Comme partout en France quoi. Vous en savez quelque chose je suppose ?

– A qui vous le dites mon pauvre monsieur que je lui rétorque. Bien ! Sur ces belles paroles nous allons vous laisser. Nous regrettons que vous n'ayez rien de plus concret à nous dire sur les occupants de la propriété. Merci quand même

pour votre accueil.

– Ah si, une chose me revient, sans vraiment d'importance, mais je vous le dis quand même, un drôle d'énergumène, un black probablement de chez eux, a été contrôlé par nos policiers il y a deux jours. Il déambulait près du château d'une manière un peu louche. Le patron de l'hôtel nous a prévenu mais ……

– Et vous nous dites ça maintenant ? Comment il était ce black ?

– Noir. Un black quoi. Plutôt jeune. Avec un accent très prononcé !

– Et il est où ce black ?

– On ne sait pas. Il n'avait pas envie de coopérer. Il a fait semblant de chercher ses papiers, puis brusquement il a porté des coups au visage de notre policière avant de prendre la fuite.

– Elle était seule ?

– Oui, l'autre policier était parti récupérer son fils en garde à vue à la gendarmerie de Digne et sa collègue était en salle d'accouchement à la maternité. Parce-que, là-dessus aussi j'aurais beaucoup à vous dire ! D'ailleurs si vous avez encore cinq minutes, puisque vous venez de Paris, faudrait dire à ces enfoirés de….

Chapitre 9

Nous n'avons plus le moindre doute sur la présence de Ididé Junior à saint Frusquin. Merci à monsieur l'ambassadeur. La piste était bonne. Reste à savoir s'il a réussi à pénétrer dans la propriété. En temps normal, il suffirait d'un escadron de gendarmerie pour investir les lieux et déloger le suspect, mais dans le cas présent, ce n'est pas du tout envisageable.

Comme je l'ai dit au maire, je vais tenter de glaner des infos auprès des jeunes de la cité des Glandeurs. Je vais aller traîner par là dès ce soir.

> *– Ok Singa, mais je te colle aux basques. Je resterai dans la bagnole à distance au cas où ça tournerai mal. Je veux que tu sois toujours à portée de vue. Ce qui est certain c'est que notre lascar est ici à Saint Frusquin et tout près du château si non déjà dans les lieux. Je te propose de descendre manger un morceau et voir comment envisager cette balade nocturne.*

Il est vingt-trois heures lorsque je gare la voiture cité des Glandeurs. Tout semble calme. Nous attendons quelques minutes histoire de prendre la température. Une mamie promène son clebs, elle ne semble pas du tout inquiète. Elle passe tout près de nous, nous restons le plus possible immobiles, histoire de ne pas attirer son attention. C'est elle qui attire la nôtre, du moins sa voix.

– Bonsoir les enfants.

– Salut mamie Lucette. T'as pas vu Amir, on le cherche ? Il est où ce bâtard ?

– Si, il est avec Momo et Ali, ils démontent une BM dans le sous-sol.

– Vas-y ! C'est quoi ces fils de putes ? C'est ma BM, c'est moi qui l'ai chourée, je vais leur niquer leurs mères à ces bâtards.

Nous ne les avions pas vus arriver. Nous étions concentrés sur la mémé, ils arrivaient dans notre dos. Mamie Lucette continue sa promenade pas l'air inquiète pour deux ronds. Les deux zonards s'éloignent au pas de course. Singa décide de tenter de questionner la vieille dame. Il descend, je reste au volant. Moins de cinq minutes plus tard il remonte en voiture.

– Alors ?

– Et bien alors, je me suis fait passer pour l'oncle

de Amir. Je lui ai dit qu'il y avait longtemps que je n'étais pas revenu et que je ne retrouvais pas son immeuble. C'est au bout de l'avenue, dernier bâtiment, première entrée. Juste à côté de l'ancien commissariat de quartier dont ils squattent le garage souterrain. Ils y démontent des voitures volées et y stockent les pièces détachées qu'ils revendent au black. Le mieux c'est que tu restes à m'attendre ici. Pas la peine d'aller te faire repérer plus loin.

– Ça m'ennuie, si tu as des soucis, comment je le saurai ?

– Si j'ai des soucis, J'ai mon pote à la cheville, un 6.35 Browning. Discret, mais suffisant pour les faire galoper ! À chaque fois qu'il l'ouvre, les autres la ferment.

Singa s'éloigne. Je ne sais pas si je te l'ai déjà dit, mais j'aime bien mener mes enquêtes personnellement. Ne pas être dans les lieux, ne pas voir, ne pas entendre, devoir baser mes décisions sur le rapport d'un tiers, c'est pas mon trip. Il faut que je vois, que je touche, que je pèse, que j'évalue, que j'analyse. Je me demande si finalement, je n'aurais pas dû choisir un coup de cirage sur la tronche, ça doit bien exister du maquillage pour se noircir la peau ? Deux bouts de coton dans les narines pour les élargir, une perruque de pissenlits teintés, un peu d'entraînement pour l'accent et encore, c'est pas forcément nécessaire et le tour est joué. Quoi qu'il en soit, il est trop tard.

J'ai le cul vissé sur mon siège de bagnole et mon équipier est allé se foutre dans un guêpier.

Tic-tac, tic-tac, le temps s'écoule lentement, très lentement même, comme toujours quand tu attends avec un nœud aux tripes. Je sais pas si tu as remarqué, mais c'est pas régulier le temps. Trouver le temps long n'est pas une image. Il est à cet instant très long. Je ne peux pas le faire accélérer en me racontant des histoires drôles, je les connais forcément déjà hein ? J'essaie de refaire encore et encore le point sur ce que nous avons de concret, mais bernique, je n'arrive pas à me concentrer. L'absence de Singa fait monter l'adrénaline. Ça va faire trois quarts d'heure bordel ! Qu'est-ce qu'il fout? S'il avait dû utiliser son arme, je suppose que je l'aurais entendu. La nuit, dans le silence, des coups de pétard ça s'entend non ? Tiens, au fait elle n'est pas repassée la Lucette avec son clebs. Soit elle a fait une boucle et en ce cas ne repassera pas, soit elle était déjà en train de rentrer chez elle ? Tu vois un peu à quoi je pense. Faut vraiment que je m'emmerde. Ça me rappelle une fois comme ça, j'attendais je ne plus qui ou quoi, je ne sais plus où ni quand… Ben non tu vois, finalement ça ne me rappelle rien.

C'est quoi ce truc là, sur le tableau de bord ? Ça se déplace. C'est un insecte pas plus gros qu'une tête d'épingle. Donc beaucoup plus petit qu'une tête de nœud forcément. Il a dû entrer pendant le voyage. J'espère pour lui que ce n'était pas au départ, parce-que dans ce cas-là, il n'est pas rentré à Paris si c'est là qu'il habite, avant les fêtes de fin d'année. Six cent bornes à vol d'insecte en évitant les oiseaux et les pare brises c'est pas gagné. Je baisse la vitre, je fouille dans ma poche intérieure, j'en extirpe ma carte professionnelle, je laisse la bestiole monter dessus, comme ça elle connaîtra le nom de son chauffeur et hop ! Éjectée à l'extérieur. Désormais la bêbête habitera cité des Glandeurs à Saint Frusquin. J'espère qu'elle n'a pas toute sa famille à Paris. Si c'est le cas, je lui conseille de trouver rapidos un véhicule qui remonte sur la capitale. En attendant, je ne saurais jamais ce que c'était. Oh, et puis dans le fond hein, je m'en tape. Chacun sa merde !

Ah mais attends ! ce ne serait pas des fois Singa que j'aperçois la bas ? Mais si, c'est bien lui, juste au moment où j'allais péter un câble. Ouf, pas de casse apparente. Plus que dix mètres. Il ouvre la portière et s'installe.

– Content de te revoir, je commençais sérieusement à m'inquiéter. Alors ?

– Alors je suis arrivé tranquille, j'ai aperçu un gamin d'une douzaine d'années assis sur un muret devant l'entrée du sous-sol de l'ancien commissariat du quartier. Je lui ai adressé un signe amical tout en m'approchant de lui, il était méfiant mais d'assez loin je lui ai dit que j'étais un oncle de Amir et qu'on m'avait indiqué qu'il se trouvait dans le parking. Il m'a confirmé l'info tout en ne sachant pas trop comment réagir, alors

pour le détendre, je lui ai demandé de m'accompagner.

– Tu as dit que tu étais l'oncle d'un loubard que tu n'allais rencontrer que quelques secondes plus tard ?

– Oui ! Nous avons descendu la rampe d'accès, il a écarté une grande bâche de plastique noir séparant la rampe du parking, sûrement pour que la lumière du sous-sol ne se voit pas la nuit et nous avons débarqué dans la caverne d'Ali Baba. Trois lascars s'affairaient à désosser une bagnole. Le sous-sol comporte six box dont deux ouverts. Ils sont remplis de pneus, de jantes, de batteries, enfin tu te doutes. Inutile de te dire la gueule qu'ils ont tirée lorsqu'ils mon vu en compagnie du gamin et qu'il a dit, Amir, c'est ton oncle, il veut te voir. Le Amir en question est resté un peu interloqué, il m'a fixé sans trop comprendre ce qui lui arrivait. J'ai profité de ces quelques secondes de flottement pour le déstabiliser encore un peu.

– Salut Amir, alors on reconnaît pas son tonton Singa ?

– Quoi Singa ? T'est qui toi ? Depuis quand t'es mon oncle ? C'est quoi l'embrouille ? D'où j'te connais toi ? Vas-y bouffon, c'est quoi ces conneries ?

– C'est bon, on se calme, y a pas d'embrouille, je suis le tonton de tout le monde, je suis pasteur et

je m'intéresse aux occupants du château. On m'a dit que des jeunes de la cité étaient entrés dans la propriété, j'ai besoin de les rencontrer.

– Oh attends pasteur, je m'en bats les couilles de votre château. Vas-y, dégage, c'est qui le bâtard qui vous a parlé de moi ? Je vais lui exploser la gueule à ce fils de pute ! Déjà les deux autres qui viennent m'embrouiller avec la bagnole ....

– Oh, on se calme ok ? Et puis tu ne me parle pas comme ça, je suis pasteur, pas flic. Je ne suis pas venu vous chercher des noises, ce que vous faites dans ce sous-sol, je m'en tape complètement, je ne vois rien, je n'entends rien. Mais comme t'es un caïd ici, tu dois forcément savoir qui est allé traîner vers le château. Je veux juste leur parler, c'est tout. Si c'est du fric que vous voulez, je peux vous en filer, j'ai absolument besoin de discuter avec les jeunes de la cité qui sont allé la haut.

– Vous avez du fric sur vous ?

– Non, pas sur moi évidemment, mais si vous décidez de me filer un coup de main, je peux revenir demain, on se fixe un rendez-vous où vous voulez, je vous donne l'argent, vous me présentez les jeunes en question et basta, on se quitte bons amis.

– Et combien vous proposez ?

– Deux mille euros ! C'est une belle somme non ?

Vous vous emmerdez à démonter des voitures volées pour revendre des pièces détachées, moi je vous paie juste pour un renseignement.

– Tu veux nous filer deux mille euros juste pour parler avec des gamins ?

– Oui, je vous l'ai dit. Je peux vous les remettre demain.

– Si t'es pasteur, elle est où ta croix ?

– Attend, je suppose que la majorité des habitants de la cité doit être musulmane, je préfère éviter la provocation inutile. Alors c'est oui ou merde ?

– Tu reviens demain ici à trois heures. Avec le fric.

– D'accord ! Vous avez ma parole.

– Et voilà tu sais tout.

– Comment peux-tu savoir si demain, ils ne vont pas te présenter n'importe quels morveux qui te raconteront n'importe quoi ? Quand tu auras remis tes deux mille balles, s'ils t'on piégé, t'auras l'air fin !

– C'est le risque, mais je ne crois pas. En me faisant passer pour un pasteur, je l'ai un peu perturbé. Sa façon de mélanger le tutoiement et le vouvoiement me l'a démontré. Il y a eu une forme de respect même si elle n'était pas franchement affichée. Le meilleur moyen de savoir c'est de

venir demain.

– Quand même merde, deux mille euros !

– On s'en fout, frais généraux. Surtout si ça abouti à quelque chose. Aller, on va se pieuter, il est tard.

Chapitre 10

Retour cité des Glandeurs. Quatorze heures quarante-cinq. Je ne sais pas ce qui va ressortir de ce rendez-vous à la con, mais pour savoir faut y aller. Singa a retiré l'oseille au distributeur, il porte toujours son arme à sa cheville, il fait jour, c'est le plein après-midi, à part se faire enfumer, que risque-t-il ?

– *Ok j'y vais, à tout de suite.*

Pour moi, l'attente recommence. Moins angoissante, moins chiante. Je regarde vivre une cité de non droit comme il y en a beaucoup de nos jours en France. Rien de bien particulier à enregistrer. Des papis, des mamies avec cabas et toutous. Des groupes de jeunes habillés en jeunes, casquettes retournées au minima, capuches sur la tête au maxima, falsards de jogging et tennis de marque, se planquent dans les entrées ou circulent sur les trottoirs en gesticulant et en gueulant. Pour le décor, des poubelles qui débordent, des détritus à même le sol, des carcasses de deux-roues motorisés, un squelette de voiture de police dont n'apparaît plus que « lice « Ce qui j'en conviens pourrait aussi avoir été complice, justice, milice etc… Mais non ! Les bagnoles de flics ont quelque chose bien à elle qui fait que même s'il ne restait qu'un enjoliveur, on saurait que c'en était une !

Et puis de ci de là, des carcasses calcinées, une supérette abandonnée, des stores de magasins baissés tagués comme les wagons de la RATP, des feux tricolores ignorés des conducteurs, une maison des jeunes et de la culture (de cannabis) des gamins qui tentent le parcours du combattant sur une aire de jeux rachetée d'occase à Tchernobyl, des secrétaires qui se curent les ongles derrière les vitrines de l'ANPE, onze mille six cent treize personnes patientent devant la CAF, Les boîtes aux lettres de la poste directement reliées au tout à l'égout, une boucherie hallal qui tire un doigt d'honneur à l'ancienne charcuterie, un stade de foot où les buts sont délimités par des panneaux d'interdiction de stationner, des ballons à l'effigie du chef de l'état, une tribune de dix places dont les sièges tordus rouillent tranquillement sur les terrain, un vestiaire dont l'eau des douches est pompée directement sur le circuit des eaux usées, un graffiti qui prétend que l'arbitre est un adepte de la sodomie, une piscine qui décrète que pour des raisons d'hygiène évidentes, le port du burkini est obligatoire, une maternelle baptisée par un tir de roquette, une agence bancaire lassée des braquages journaliers reprise par les dealers, un centre de soins à la recherche dans l'urgence de médecins et d'infirmières, une clinique dentaire qui rachète les prothèses des personnes décédées, un super marché de pièces auto d'occasion à l'enseigne « Amir et Cie « ce qui nous ramène à mon adjoint qui rapplique.

– Alors ?

– Alors c'est bon ! Tout est réglo. J'ai casqué et j'ai pu discuter avec trois gamins que j'ai dû arroser sur mes propres deniers, je me ferai rembourser. Figure- toi que ces petits trous du cul, ont découvert par hasard un souterrain qui part de la cave de l'hôtel pour déboucher sous un autre autel, celui de la chapelle du Château.

– Mais comment ils ont découvert ce sous terrain ?

– En allant piquer des bouteilles d'alcool dans la réserve du resto.

– Comme rien ne les arrête, ils se sont pris pour le gang des égoutiers et planqués par les buissons derrière le grillage ils ont creusé au niveau de la cave de l'hôtel, pensant pouvoir démonter les pierres du mur du sous-sol, sauf qu'avant de parvenir au mur en question, ils ont débouché sur une cavité. En grattant mieux, ils sont tombés sur un sous terrain bouché côté hôtel. Ils se sont engagés à la lumière des portables dans la seule direction possible et sont parvenus au bout du tunnel qui apparemment doit faire dans les deux cents mètres. C'est en éclairant la voûte qu'ils se sont rendus compte qu'il y avait une dalle. Dalle qu'ils ont réussi à soulever et à déplacer.

En éclairant, ils ont vu que ça débouchait dans une sorte de sarcophage de pierre d'environ deux mètres carrés sur un mètre de haut. L'un d'eux fait la courte échelle à un autre qui parvient à se hisser dans cet espace clos, éclaire les parois avec son téléphone, aperçoit deux charnières sur une des faces et comprend qu'il est devant une porte de pierre carrée suffisante pour laisser passer un humain. À l'opposé des charnières, un loquet bascule pour se caler dans un retour de métal d'environ dix centimètres de haut. Il soulève le loquet, pousse la porte qui s'ouvre sur l'arrière de l'autel, se faufile dans l'ouverture et se retrouve dans la petite chapelle du château. Il fait nuit, la lune éclaire la pièce à travers les vitraux, pas de doute, le sous terrain rallie château et hôtel. Courageux mais pas téméraire, il ne pousse pas plus loin ses investigations et rejoint ses copains en prenant soin de bien refermer la porte.

Ils remettent la dalle en place et se barrent. De retour cité des Glandeurs, ils racontent leur découverte aux copains. L'histoire fait le tour de la cité, mais aller se foutre dans ils ne savent trop quel merdier ne les tente pas. Eux c'est la came et les bagnoles. Le seul bénef que ce sous terrain peut les rapporter, c'est une planque si un jour, la police décidait de faire du zèle et commençait à les emmerder. Amir et sa clique se rendent sur place, constatent que tout est vrai, le souterrain existe bien, et il menace de buter celles ou ceux qui ramèneraient leurs gueules et de les abandonner sous terre, là où personne n'ira les chercher. Voilà, tu en sais autant que moi.

Putain, si je m'attendais ! Le rapport de Singa me laisse sur le cul. Pouvoir entrer les doigts dans le pif au château. Une idée me vient illico.

– Écoute Singa, nous allons faire comme nous avons décidé. Pas question d'entrer dans les lieux par la chapelle. Tu magouilles comme tu l'entends, mais tu te fais admettre par la secte, tu repère notre Ididé Junior, nous mettons une combine au point pour l'isoler, le kidnapper, l'évacuer par le sous terrain et ni vu ni connu. Apparemment personne ne soupçonne l'existence de la porte qui se trouve derrière l'autel. Je suppose qu'elle doit être dissimulée dans les joints du décor, dans les sculptures ou je ne sais où. Tu as entendu le maire, pour lui, des gamins auraient réussi à s'infiltrer dans la propriété. Il est évident qu'il ignore ce que les jeunes ont découvert. Tu sais précisément où se trouve l'accès par les égouts ?

– En fait d'égouts, c'est une façon de parler. Nous ne sommes pas à Paris. Ici les égouts, ce sont juste des canalisations en ciment avec des trappes de visite pour intervenir en cas de problème. L'hôtel possède un jardin clôturé par un grillage qui côté nord, longe un petit bois livré à lui-même donc probablement abandonné aux ronces et fougères. Il se trouve que l'espace entre le bois et l'hôtel,

précisément à l'endroit qui nous intéresse, le hasard fait parfois bien les choses, ne fait pas plus de trois mètres et qu'au bout de ces trois mètres, sous le mur, c'est la cave. C'est là que nos merdeux ont creusé. Du bois au mur. Les gravats ont été dispersés dans les fougères.

– Et bien je te propose d'aller vérifier tout ça au plus vite, c'est-à-dire maintenant et sans délais. On rentre à l'hôtel, on se fringue pour la circonstance et on cherche l'entrée de ce sous terrain. T'en penses quoi ?

– Pas de soucis, c'est parti !

Moins d'une heure plus tard nous y sommes. Tout y est, le bois, les ronces, les gravats, le grillage, le trou.

Bon, ben au moins, on sait qu'ils ne t'on pas baratiné. Par contre c'est pas le tunnel du Mont Blanc leur trou.

– Non c'est sûr, mais s'ils y sont passés, nous passerons aussi. Qui tente le premier ?

– À toi l'honneur Singa. C'est grâce à toi que nous sommes là.

Il se glisse à plat ventre dans le boyau. Finalement ça passe facile. Je lui laisse prendre un peu d'avance et je m'engage. C'est court et ils ont bien élargi le passage au débouché du souterrain. Nous y sommes.

Un mètre dix, un mètre vingt de large tout au plus pour environ un mètre quatre-vingts de haut. Nous longeons l'étroit boyaux. Va savoir pourquoi je compte les pas. Si je compte un pas de soixante centimètres, il me suffira de multiplier par le nombre et j'obtiendrai à peu près la distance parcourue sous terre. Ah, voilà la fin du tunnel. Trois cent soixante-dix pas. Deux cent vingt mètres en arrondissant. Au-dessus de nous, la trappe de ciment. Nous n'allons pas plus loin, nous n'y touchons pas. On ne sait jamais, il n'est que dix-huit heures trente. Il peut y avoir du monde dans la chapelle. Le bruit pourrait alerter. Aller, demi-tour, tout est vrai. Les loubards de la cité des Glandeurs ne nous ont pas enfumés. Un grand merci à eux et à Singa. C'est quand même lui qui a obtenu tous ces renseignements. Je me sens obligé de lui dire.

– Chapeau mec, tu as bien bossé. Passer de flic à pasteur t'a bien réussi. Je reconnais que je n'avais aucune chance d'arriver à ce résultat. C'est utile d'être Black certaines fois.

– Certaine fois ? Tu rigoles ? Tu veux dire toujours ! On joue au con, au pauvre mec qui fait chaque jour les frais du racisme ordinaire, genre pas de travail, pas de logement, pas d'argent, quelques larmes devant l'assistante sociale le tour est joué. Comment crois-tu que j'ai obtenu mon poste à la sûreté nationale ? Tu verras, si je me démerde bien, dans quelque temps, je peux devenir ministre, Secrétaire d'état, voire peut-être président. Bon, pour ça, c'est peut-être encore un

peu tôt, mais faut pas désespérer.

– En tout cas, conneries mises à part, nous avons fait un sacré bout de chemin en ce qui concerne Ididé Junior. Nous sommes sûrs qu'il est sinon au château, du moins dans les environs Et nous avons une solution pour le faire sortir. À toi le boulot encore une fois pour devenir membre de la secte.

– J'ai une idée là-dessus. Le maire nous a dit qu' ils descendaient faire des courses au supermarché. C'est là-bas que je vais remettre un pion sur le jeu. Je vais y aller direct comme pour les jeunes de la cité. Souvent le culot, c'est ce qui marche le mieux D'autant que j'ai suffisamment d'infos, pour les intriguer. Il faut juste que je mette le bon dosage afin de ne pas devenir suspect. Il faut que je réfléchisse à ça.

– Pour aujourd'hui, ça suffit.

Chapitre 11

Le minibus est là, stationné à moins de vingt mètres. Nous avons vu descendre six personnes. Chacune a pris un chariot. À mon avis il va se passer un bon moment avant qu'elles ne soient de retour. Singa est parti sur leurs talons, poussant son chariot d'un air détaché. Cette fois, je ne suis pas disposé à attendre dans la voiture. J'ai aussi quelques achats à faire. Aller j'y vais. Pas de chariot, c'est encombrant, un panier suffira. Mine de rien je musarde dans les allées. Je surveille autant mon compagnon que les lascars du château. À quel moment vont-ils nouer le contact ? Sous prétexte de répondre au téléphone je les mitraille. Des photos encore des photos. Il y en aura bien quelques-unes d'exploitables. Soudain du bruit, genre rayon qui se casse la gueule. Je crois que Singa est entré en action. Je m'approche de la source sonore. Effectivement, mon adjoint, l'air consterné, contemple le désastre. Il semble qu'il ait malencontreusement renversé une partie des conserves exposées sur les rayonnages.

Deux des adeptes de la secte LéZéLu sont

également dans l'allée. C'est le bordel sur le carrelage. Devant la mine déconfite de mon collaborateur, la solidarité s'enclenche. Les deux Blacks laissent leurs chariots dans l'allée et se baissent pour aider Singa juste au moment où une employée du magasin « Kroisement » débouche à l'angle de l'allée. Va te voir pourquoi, je décide de forcer le destin. J'interpelle le premier qui se trouve là.

– Putain, c'est pas vrai ça, vous pouvez pas faire attention ? C'est quoi ce bordel ? Je fais comment pour passer ?

Le mec n'en revient pas. Il reste comme un con, une boîte de conserve dans chaque main. Il me fixe sans savoir quoi répondre. Il ne parle peut-être pas français ? Avec l'air d'un clébard qui vient de se faire botter le cul, il balbutie comme voulant s'excuser.

– C'est pas moi, je ramasse juste.

– Comment c'est pas toi ? Putain, j'arrive, tu ramasses et c'est pas toi ?

La minette de (Kroisement) s'en mêle. Fallait s'y attendre. Une aubaine pour moi.

*Monsieur, s'il vous plait, calmez-vous c'est pas grave, on va ramass*ser, *ça arrive !*

– Comment ça, ça arrive ? Faut être complètement con pour faire tomber autant de boîtes, faut le faire exprès ! Si je foutais un bordel

pareil dans une épicerie Africaine, il se passerait quoi hein ? il se passerait quoi ? Regardez-moi cette tête de nœud, même pas foutu de ramasser !

– Oh, tu vas la fermer ta gueule, français de mes deux ?

Ça, c'est Singa qui entre en scène. Il prend la défense des deux autres. C'est bon le contact est établi.

– Quoi ? Non mais t'es qui toi le négro ? De quel droit tu m'insultes ? Casse-toi en Afrique si t'es pas content face de cul !

La pauvre employée ne sait plus comment s'en sortir. Heureusement, elle voit arriver un membre de la sécurité.

– Oh oh, on se calme ! Pas la peine de vous engueuler. Vous n'êtes pas obligé d'être grossier monsieur. Vous prenez une autre allée c'est tout.

– Ah oui ? sauf que c'est dans celle-là que j'ai un truc à prendre. Je vais pas acheter de la compote si j'ai besoin de café non ?

– Bon, ça suffit maintenant ! Vous laissez votre panier ici et vous me suivez jusqu'à la sortie.

– Je ne vous suis nulle part. Le nègre là, l'autre, il m'a traité de sale français. Je ne peux pas laisser passer ça ! Et les deux autres là, ils n'ont peut-être même pas de papelards et c'est moi qui dois sortir ? T'as vu ça où duglandu ?

– Je t'ai pas traité de sale français connard, j'ai dit français de mes deux, réplique Singa.

Cette fois, c'est gagné. Je les ai tous sur le dos. Un second agent de sécurité débarque. Tiens, de la même origine que mes interlocuteurs. Il pose sa main gauche sur mon épaule.

– Monsieur ça suffit ! Soit vous sortez calmement, soit on vous fout dehors par la peau du cou !

– Ah oui ? essayez un peu pour voir ! Non mais je suis où là ? Chez Amin Dada ou quoi ?

Pas le temps d'en rajouter, il faut jouer le jeu jusqu'au bout. Les deux gaillards me cramponnent par les bras et m'embarquent manu militari jusqu'à l'extérieur des caisses. Je te dis pas le spectacle, tout le magasin est à l'arrêt. Les caissières se sont levées pour mieux assister à la scène. Une dernière bourrade et je suis projeté sur le parking. Je fais encore un ou deux bras d'honneur pour l'honneur et je retourne à la voiture. Bon, ben j'ai fait ce que j'ai pu hein? A Singa de faire le reste. Je crois qu'il l'a fait. Je m'aplatis dans l'habitacle. Le voilà qui rapplique cul et chemise avec les occupants du minibus. Du coup ils sont tous là. À mon avis ils ont interrompu leurs courses. Ça discute autour du véhicule. Deux d'entre eux repartent avec un chariot vide. Tout en remplissant le minibus, les quatre autres sont en grande discussion avec Singa. Je reconnais que j'ai peut-être un peu chargé la mule, mais ça a marché. C'est vrai ça, réfléchi un peu !

Pour engager La conversation, Singa a fait semblant de foutre en l'air tout un rayon sous le nez des deux adeptes et après? Ils l'auraient sûrement aidé à remettre en place, échangé, trois mots, mais encore une fois, et après ? Là, Maintenant ils ont des choses à se dire. Et ça va durer encore un moment puisqu'ils sont obligés d'attendre le retour des deux autres. Presque trente minutes avant qu'enfin, ils ressortent. Et que je te cause et que je te cause. Ah, enfin ! Singa fouille sa poche, sort un stylo et gribouille quelque chose sur un papier d'emballage. Tout ce petit monde se congratule.

Le minibus s'éloigne. Singa prend son temps et quand il ne peut plus être vu il me rejoint.

– Super, bien joué le coût de ton intervention. Tu as peut-être forcé un peu sur les injures, mais ça fait plus vrai. J'ai bien débroussaillé le terrain. Ils vont demander à leur Maître de me recevoir. Je dois attendre leur appel.

– C'est qui ce gourou ?

– Je ne le sais pas encore. Je dois jouer le jeu et attendre. Ne pas poser trop de questions, ne pas aller foutre en l'air le boulot d'aujourd'hui. Pour le peu que j'ai pu obtenir, ils sont plusieurs milliers entre l'Afrique, la France, l'Italie et l'Espagne à se réunir autour d'un maître, lui-même sous la coupe d'un chef suprême, le véritable messie, l'authentique fils de Dieu, Jésus n'étant qu'un

agitateur à la solde des romains pour foutre le bordel à Jérusalem et dans la région, histoire d'emmerder les prêtres juifs qui refusaient de reconnaître les dieux romains.

Pour eux, le coup de la crucifixion, c'est du bidon. Crucifié à midi, retiré à quinze heures, c'est pas les trois clous plantés dans ses pognes et ses panards qui allaient le tuer en si peu de temps. Du bidon la résurrection. Juste ce qu'il fallait pour foutre un peu plus la merde dans le secteur. Pour eux, le véritable Messie ne peut être qu'un élu africain. C'est l'Afrique le berceau de l'humanité. Les nations africaines sont divisées, le monde tout entier se partage ce merveilleux continent. Il est urgent de voir apparaître le sauveur du peuple noir. Celui qui va ramener à lui les brebis égarées, gouvernées par des despotes plus tarés et corrompus les uns que les autres. Une seule nation sous une même bannière. Celle du véritable et unique Dieu, qui ne peut être que noir puisqu'il est dit qu'il a fait l'homme à son image. Le premier homme étant apparu en Afrique, Dieu ne peut donc être que noir. Voilà ce que j'ai obtenu en une petite demi-heure sur ce parking.

– Ah oui quand même, et tu dis que d'après ces hurluberlus, ce véritable Messie existe quelque part ?

– D'après eux oui ! Mais ils ne le connaissent pas, ne l'ont encore jamais vu, leur gourou si je

puis dire, c'est celui qui mène le bal ici au château. Celui-là, je vais peut-être pouvoir le rencontrer. Après, en admettant que je sois accepté au sein de la communauté, il va falloir que je me débrouille pour trouver Ididé Junior, pour autant qu'il soit présent et que je parvienne à m'en faire une relation disons, amicale.

– Hé bien c'est parfait tout ça... que je lui dis. On avance, on avance.

– Oui, qu'il me répond, mais je crois que nous devons attendre encore avant de refiler les infos à Paris. Vu l'état d'esprit qui règne dans les services, mon intuition m'incite à la prudence. Imagine que ces cons là, décident de donner l'assaut au château afin de piquer Ididé junior sur une simple supposition, tu vois un peu le merdier ?

– Tout à fait d'accord avec toi. On ferme nos gueules. C'est nous qui menons l'orchestre. N'allons pas risquer une fausse note.

Chapitre 12

Comme prévu, Singa a bien été convié au château.

J'attends son retour. C'est la troisième fois que je dois rester sur la touche. Cette situation commence sincèrement à me taper sur les nerfs. C'est vrai quoi, c'est quand même mon enquête merde ! Je sais que pour l'instant il n'y a pas d'autres solutions, mais quand même. Pas facile à digérer la pilule. Il est parti vers dix heures ce matin, il est quatorze heures trente, je ne tiens plus en place. Faut pas quatre heures trente pour serrer la louche d'un gourou, si ? Pour l'heure, je suis allongé sur une chaise longue dans le jardin de l'hôtel. Je sais que de l'autre côté du grillage, à l'angle opposé, se trouve l'accès au souterrain. Quand je pense que l'aubergiste ignore ce détail, lui qui est là depuis des années, j'imagine sa gueule si je lui révélais ce secret. Combien de clampins ont bien pu emprunter ce tunnel au fil des siècles ? À ton avis c'était pour se barrer lors des différents sièges ou pour rentrer au château ? Les deux mon neveu, probablement. J'en suis là de mes interrogations lorsque mon portable m'interpelle.

– Oui, j'écoute !

– Monsieur Aubin ?

– Pour vous servir. En quoi puis-je vous être utile ?

– En renonçant à cette enquête que l'Élysée vous a confiée. Les enjeux vous dépassent. Contentez-vous des maris cocus et des femmes adultères. Il y va de la santé de votre collègue. Vous ne voudriez pas qu'il lui arrive des problèmes je suppose ?

– Et vous êtes qui si je peux me permettre ?

– Quelqu'un qui n'aime pas du tout que l'on s'occupe de ses affaires et encore moins qu'on le prenne pour un demeuré !

– Expliquez-vous, nous gagnerons du temps !

– Bien joué votre numéro au super marché. Ça aurait très bien pu fonctionner si un véhicule de...disons, protecteurs, n'accompagnait pas notre minibus lors de ses sorties. Quel dommage pour vous que suite à votre altercation bidon avec mes fidèles compagnons et vos pitreries sur le parking, bras d'honneur et compagnie, les protecteurs en question se soient interrogés sur le fait qu'au lieu de partir, vous sembliez attendre quelque chose assis dans votre véhicule. C'est vrai ça, vous étiez là, tapi derrière votre volant, à moins de vingt mètres du minibus. Et puis pour eux, tout s'est éclairci lorsque monsieur Poor est venu vous rejoindre. S'ils ne savaient pas vraiment ce qui

venait de se passer dans le supermarché, ils ont quand même compris qu'il y avait eu un contact avec Singa Poor et les membres de ma délégation. Ce long entretien ensuite avec eux sur le parking, pour voir finalement que monsieur Poor et vous, repartiez dans le même véhicule, il n'en a pas fallu plus pour comprendre qu'il y avait anguille sous roche.

Mes compagnons sont remontés au château, m'ont informé de l'incident et du secours inattendu de votre collègue, ils m'ont remis ses coordonnées relevées sur le papier d'emballage et je dois avouer que sans mon piquet de surveillance, je serais moi aussi tombé dans le panneau. Une très bonne idée que j'ai eue finalement, ce discret duo de gardes du corps. Ils sont sensés intervenir au cas où des malveillants voudraient s'en prendre aux habitants du château. Les rumeurs qui ne manquent pas de circuler sur nous et dont nous connaissons la teneur, peuvent donner l'envie à certains de ... disons chahuter mes amis. Ils m'ont donc fait également leur rapport et j'ai compris que tout ce patacaisse, n'était en fait qu'un coup monté pour avoir une bonne raison d'entrer en contact avec nous. À partir de là, grande question ! Pourquoi ? Le mieux était donc de jouer le jeu et d'inviter monsieur Singa Poor au château afin de le remercier chaleureusement pour son intervention au supermarché. Et voilà. Les piégeurs piégés !

– Et vous attendez quoi ?

– Mais je viens de vous le dire ! Ramassez vos billes et allez jouer dans la cour des petits.

– Et Singa Poor ?

– Lui, il a choisi de rester avec nous. Il a eu l'illumination. C'est son droit non ?

– Si vous lui avez fait des misères, je vous empale tous sur vos crucifix bande de tarés !

– Pour commencer, nous n'avons pas de crucifix et quant à votre ami, rassurez-vous, inutile pour nous de le martyriser. Nous avons tout ce qu'il faut pour le rendre compréhensif et docile. Une simple petite injection, pas de mauvais traitements, pas de douleur.

– Et bien en ce cas, renforcez vos fortifications parce-que ça va être fort Alamo votre château. Je préviens qui de droit et dans quelques heures vous verrez débarquer une compagnie de CRS.

– Je ne vous le conseille pas ! Les flics à l'horizon et boum, nous faisons tout sauter. Plus de château ! Cent trente morts dont votre ami. Et croyez-moi, je ne plaisante pas. Tout est déjà installé. Suicide collectif. Ça c'est déjà vu et plusieurs fois.

– Écoute moi bien Gourou de mes deux, tes conneries d'Afrique unifiée et de secte pour

attardés mentaux, tout ça, je me le fous dans le fion. Alors tu as vingt-quatre heures pour libérer Singa Poor. Passé ce délai, je viens le chercher moi-même. Ah, J'allais oublier, tu me prépares un lot, Singa Poor et Ididé junior. Ne me dis pas que tu ne sais pas qui c'est, il est arrivé il y a trois ou quatre jours. Et encore une petite précision, Ididé, je le veux avec ses petites affaires si tu vois ce que je veux dire ?

– Décidément vous ne comprenez rien de ce qu'on vous dit ! Je mets cet entêtement sur l'effet de la colère. Vous allez voir, ça va passer. Une bonne nuit de sommeil, la nuit porte conseil et demain vous repartez sur Paris faire votre rapport de constat d'échec. Non seulement Ididé Junior n'est pas à Saint Frusquin, mais monsieur Poor comme je viens de vous le dire, a reçu l'illumination. Il est devenu membre de la congrégation. Alors vous rentrez chez vous, vous prenez une bonne douche, et vous passez à autre chose. Bien, à présent je dois vous laisser, j'ai un office à préparer. Surtout celui de demain, c'est à seize heures. Une merveille, avec costumes, décors, effets spéciaux, chants, musique, prestation de serment des nouveaux adeptes, la totale quoi ! Ça va se passer sous le chapiteau. Dommage que vous ne puissiez assister à ça.

Clic, L'enfoiré vient de raccrocher. Comment a-t-on pu se faire niquer de la sorte ? Comment j'aurais pu me douter que des gardes du corps escortaient le minibus ? Croyant surveiller, c'est moi qui l'étais ! Le manomètre adrénaline est dans le rouge. Qu'est-ce que je peux faire ? Singa piégé comme un con. Salut c'est moi Singa Poor, le sauveur de vos trous du cul d'adeptes ! Et PAF, les deux pieds dans la gamelle du pitbull, à la niche Singa, aux fers. Même pas besoin de lui coller une beigne pour qu'il déballe tout ce qu'il sait, une piquouse et il leur chante la marseillaise. J'ai pas l'air con là hein ? J'ai pas l'air con !.

Oh mais ça va pas se passer comme il le croit, pas question que je capitule devant cet apôtre de Jésus 2 le retour. Je vais l'emplâtrer le gourou, lui faire becqueter toute l'Afrique. La corne Africaine comme on dit c'est dans le cul qu'il va la prendre, dans le cul ! Pas prêt de pouvoir s'asseoir le grand maître ! Bon faut que je me détende, que j'analyse, que j'envisage, que je sois efficace. Si je résume, Singa est retenu là-haut à deux cents mètres et Ididé Junior……

Deux cents mètres…. ? Putain mais bien sûr, le souterrain ! Si j'envoie les flics par le souterrain ? Non, ce salopard ferait tout péter. D'un autre côté, je suis tout seul et à part aller me foutre dans la gueule du loup ? Oh mais attend, il y a peut-être une solution. Les merdeux de la cité. Ils sont particulièrement sensibles à l'oseille. Ce ne sont pas non plus leurs horaires de boulot qui risquent de les handicaper. Je n'aime pas réagir dans l'urgence mais là hein ?

Il m'a fallu moins de trente minutes pour sauter de ma chaise longue, me mettre un peu en ordre de marche, grimper dans la voiture et parvenir aux abords de l'ancien commissariat de quartier, cité des Glandeurs. Bien, j'y suis . Je fais quoi et comment ? Je décide d'attendre le passage d'un gamin sur le trottoir. Le premier que j'aperçois, je descends, je l'interpelle et pour la suite, c'est plus moi qui gère, c'est le destin ! Ah, en voilà deux, des ados d'environ seize ou dix-sept ans. Aller, je fonce.

– Salut les jeunes ! Vous pouvez peut être m'aider. Cent euros à chacun si vous me conduisez à Amir. C'est vraiment très important.

– T'es un keuf ?

– Non ! Un ami du pasteur. Amir le connaît. Il a des soucis et il faut l'aider. Il y a encore un peu de fric à ramasser. Alors ?

– Donne le fric et on va le chercher !

– Non, c'est pas comme ça que ça marche. Vous allez le chercher et quand vous revenez avec lui, je vous file l'argent.

– Sauf que si Amir voit que tu nous file du blé pour l'avoir dénoncé on est morts !

– Vous ne l'avez pas dénoncé, vous êtes juste allé le chercher.

– Ouai ben pour lui c'est pareil.

– Ok, alors voilà comment on fait. Il y en a un de

vous deux qui reste avec moi, l'autre va chercher Amir et quand je vous vois revenir ensemble, je file discrètement le pognon à celui qui est resté. Après, vous vous démerdez tous les deux. Ça marche comme ça ?

– C'est bon j'y vais, mais si t'es un keuf je suis mort !

– Je te donne ma parole que je ne suis pas un keuf, juste un copain du pasteur.

– Mais quel pasteur ? Je connais pas de pasteur.

– Amir le connaît. Il l'a rencontré il y a deux jours dans le sous-sol où il démonte ses bagnoles. Mais moi, il ne me connaît pas et je ne veux pas que ça se termine mal. Tu me l'amènes, je discute avec lui ici, et tout va bien.

– Bon j'y vais.

Je mets la main dans ma poche, saisit les deux billets de cent euros, je les comprime dans ma paume et je guette le retour du gamin. Ils sont quatre plus mon commissionnaire. Les dés sont jetés. Inch Allah comme on doit dire dans le coin. Les billets changent de main.

– C'est toi qui veux me voir ? T'es qui toi, C'est quoi l'embrouille ?

– Y a pas d'embrouille. Le pasteur est dans la merde, il faut l'aider. Il y a du fric à prendre. On

ne peut pas discuter comme çà sur un trottoir. Monte dans ma bagnole.

– Eux aussi ils montent. On est associés.

Après un moment d'hésitation, ils s'installent dans mon véhicule. Je leur résume la situation sans évidemment aborder les raisons de notre présence à Saint Frusquin. Pour eux, c'est très simple. Il y a eu du suif au super marché, le pasteur est intervenu, il est monté au château pour s'expliquer mais il est tombé dans un piège et il est retenu prisonnier là-haut avec une menace de mort sur la tête. Alors mon idée, c'est de venir avec une petite bande de la cité, une trentaine serait bien, passer par le souterrain et pénétrer dans les lieux à l'heure de leur messe à la con sous le chapiteau. La bande fout le bordel pendant que je cherche le pasteur pour le faire évader.

– Et combien tu proposes pour qu'on fasse çà ?

– Je sais pas, combien vous voulez ?

– Trente mille !

Putain, là je prends un coup derrière le cigare ! Se mouchent pas du coude les gamins ici, Je n'ai pas trente mille et sauf un appel de détresse à Paris qui va m'obliger à tout déballer à Elsa et à Charles Heston, on est mal barrés.

– Trente mille ? Putain, vous y allez fort les gars ! On peut peut-être discuter non ?

– Y a rien à discuter. C'est trente mille ou tu te démerde tout seul. Si ton pasteur est buté, ce sera pas notre faute.

– Mais j'ai pas trente mille comme ça sous la main. Je n'habite même pas dans le bled. Comment vous voulez que je fasse ?

– C'est ton problème. Demain t'as les trente mille et on y va, sinon tu vas te faire mettre toi et ton pasteur.

– Ok, je vois comment je peux régler le problème et on se recontacte. Comment on fait ?

– Si t'as le pognon tu m'appelle sur ce numéro et à trois heures demain on débarque. Tu casques et on fonce.

– Non, si j'ai le fric, vous venez, mais on se donne rendez-vous juste toi et moi, je te donne la moitié et le reste après la libération du pasteur. Après vous vous démerderez entre vous pour le partage. Maintenant faut que je me barre si je veux pouvoir trouver la somme.

– Attend, on viendra pas les mains vides. Si ça se trouve, ils ont des armes la haut. On va pas se faire buter comme des connards.

– Faites pas de conneries. Faut juste leur faire peur pendant que je chercherai le pasteur. Je vous ai dit, vous foutez la merde, vous cassez tout, vous

foutez le chapiteau en bas, mais vous tapez pas sur la gueule des gens. Ils ne seront sûrement pas armés, on va pas à la messe avec des flingues. Dès que le pasteur sera en sécurité, tout le monde se barre. Aller, j'y vais, je te rappelle dès que je sais pour le fric.

Chapitre 13

Comment je vais réunir trente mille euros en si peu de temps ? Je n'ai pas d'autre solution que d'informer Paris de la situation. Ok, j'appelle Charles Heston.

– Aubin ? Content d'avoir de vos nouvelles. Alors, où en êtes-vous ? Ça avance ?

Je lui déballe tout, pas le choix. C'est pas que mon projet l'emballe beaucoup, mais il comprend rapidement que la situation est bloquée. Soit nous ne faisons rien et Singa Poor reste aux mains de ces illuminés qui protégeront Ididé Junior. Soit nous faisons intervenir les forces de l'ordre avec le risque que le responsable de la secte fasse tout sauter et dans ce cas bonjour les morts. Adieu Singa, Ididé et la tête de nœud. Soit nous tentons ma solution, aussi incertaine qu'elle soit.

– Bon, écoutez, foutu pour foutu, je vous donne mon feu vert pour votre action. Mais attention, rien d'officiel hein ? Je ne vous ai pas eu au téléphone, je ne vous ai rien conseillé et encore moins ordonné. Vous avez agi seul ! Je vous fais

déposer immédiatement le fric en espèces sur votre propre compte.....Oh, tiens, il me vient une idée. Si ça tourne mal, vous n'aurez qu'à dire que vous avez reçu le feu vert par Elsa Hymer. Je dirai que j'étais présent lors de votre échange téléphonique. D'ailleurs je suis présent, je la vois là devant moi, dans son bureau, je l'entends vous dire « Allez-y, je vous donne mon feu vert » Je l'entends même vous dire en ce moment « Je vous fais déposer la somme sur votre compte « Alors c'est ok hein ? Je compte sur vous ? Vous la chargerez au maxi si ça foire chez vous ? Bon je m'occupe du pognon !

– Non ! Je ne pourrais pas retirer la somme assez vite. L'intervention doit se faire demain à seize heures. Je ne suis pas à Paris, la banque locale va me demander un délai, non, il me faut un mandat cash immédiat. Si c'est trop tard pour le retirer cet après-midi, je le ferai demain matin.

– Bon, je vois ce que je peux faire. Je vous rappelle d'ici une heure.

Que puis-je faire de plus ? Je n'ai plus qu'à croiser les doigts pour que tout fonctionne comme prévu. Ces petits cons de loubards me tiennent par les siamoises. Bien sûr qu'il sera toujours possible d'intervenir les jours suivants mais je sais que demain à Seize heures, ce ramassis d'abrutis sera concentré sous le chapiteau. Je ne peux pas rappeler le maître des lieux pour lui demander les horaires des offices pour les autres jours de la semaine. Les heures à venir vont me paraître longues.

T'aurais fait quoi à ma place ? C'est bizarre, je me sens moins stressé depuis mon entretien avec Charles Heston. Un peu comme si le fait de lui avoir tout dit, me dédouanait de ce qui va se passer demain. Ses conneries complètement loufoques pour faire porter le chapeau à Elsa ne m'inquiètent pas. Consulter la liste des appels sur sa ligne, suffiront à rétablir la vérité au cas où le besoin s'en ferait sentir. Ah, un appel, ce doit être lui.

– Oui Aubin, j'écoute !

– Voilà, c'est bon, votre mandat est parti. Vous pouvez déjà aller chercher le fric, le ministère des postes et télécommunications a déjà informé la responsable de la poste de Saint Frusquin de votre passage. Elle vous attend.

– Merci ! Je vous tiens au courant pour la suite. Je croise les doigts

– Et pour notre accord, je compte sur vous hein ? C'est cette truie de Elsa qui vous a couvert ?

Bien, voilà un point capital qui semble résolu. Je vais direct retirer l'argent. Tout en me dirigeant vers la poste, je gamberge sur la situation ici à Saint Frusquin. Filer tout ce pognon à un ramassis de trous d'uc aussi fiables que la parole d'un élu, pas de quoi pavoiser. Je ne doute pas qu'ils viennent mais une fois sur place, tout peut arriver. Ils sont totalement incontrôlables. D'autant que je ne serai pas avec eux, pendant qu'ils foutront le souk, je tenterai de trouver Singa Poor. M'étonnerais beaucoup qu'il soit lui aussi sous le chapiteau. J'espère simplement qu'il sera en état de marcher. Quant à l'autre fiotte de Ididé junior, si je ne mets pas la main dessus demain, ce ne sera que partie remise. Faudra bien qu'il sorte un jour ou l'autre. Il faudra juste confiner ce joli monde à l'intérieur de la propriété. Plus personne n'entrera ou ne sortira. Fini les ballades au super marché. À ton avis, cent trente personnes, ça peut tenir combien de temps sans bouffer ? Ah, voilà la poste, allons y.

Tout s'est bien passé. J'ai l'oseille. Mais je décide de ne pas appeler Amir ce soir. Je sais pas, une intuition, on ne sait jamais avec ce genre de branleurs professionnels, des fois qu'ils auraient idée de tenter d'empocher le fric avant l'heure ?

Je n'aurais jamais imaginé devoir un jour compter sur la racaille des cités pour aboutir à un résultat dans une enquête. Tout ça à cause d'un marabout de mes noix qui menace de faire péter la gueule de cent trente crétins patentés. Comment peut-on se faire embobiner par un seul illuminé qui se prend pour Dieu le père ?

J'en suis là de mes réflexions lorsque j'aperçois le clocher de l'église. N'ayant rien d'urgent en attente, je me dirige sans raison particulière vers ce lieu de culte. Peut-être voir s'il ne serait pas de la même époque que le château et l'hôtel. À mon avis ça doit être le cas. À vue de nez, je dirais 12ème 13ème siècle. J'aime bien ces vieilles constructions religieuses. Je te décris pas l'intérieur, une église c'est une église. Une nef, un cœur, un hôtel, un bénitier, des vitraux, des colonnes, enfin tu connais tout ça. C'est marrant le calme qui règne là-dedans.

Tiens je vais poser mon cul sur le bord du banc histoire de décompresser un peu. Quand tu penses que des loustics comme ceux de LéZéLu ont besoin d'aller se prosterner devant des prophètes auto-proclamés, tous plus escrocs les uns que les autres ! Ici au moins, c'est toi qui décides si tu balances une pièce dans la boîte ou pas. Je te dis ça mais si je décidais d'en mettre une, je ne pourrais pas. Je n'ai que les trente mille euros de la République française. J'imagine la tête du curé s'il trouvait ce pognon dans le tronc. Il en ferait quoi à ton avis ? Dans le silence il me semble entendre comme un bourdonnement. Je ne sais pas quoi. Comme un moteur lointain au ralenti. Je me détends un petit quart d'heure avant de quitter mon banc. Aller je fais le tour, histoire de jeter un œil aux vitraux. Alors que j'avance vers l'hôtel, j'ai l'impression que le bruit est plus proche. Il me semble qu'il provient de la sacristie dont la porte est entrouverte. Par simple curiosité je jette un œil. Ah, d'accord ! Sous mes yeux un peu ébahis, couché sur un canapé Néandertal première époque, le curé roupille comme un nouveau-né. Du moins je suppose que c'est lui. Avant tu savais, ils avaient des soutanes mais de nos jours ? Sur le plateau d'un meuble, au-dessus d'un frigo encastré, j'aperçois une boutanche et trois verres. Une petite assiette contient un restant de biscuits pour apéro. À moins qu'il ne s'agisse d'hosties ? Non, ce sont bien des biscuits salés. Je me suis toujours demandé ce que c'était que du vin de messe, tu crois que j'ose ? Vu comme il ronfle le bon père n'y verra que du feu hein ? J'empoigne un verre, je lui file un coup de flotte sous le jet du petit lavabo qui est là dans l'angle et je me verse une rasade.

Couleur sympa, un peu clair peut-être ? J'avale un gorgeon, pas mal ! Manque un peu de fraîcheur, doit être hors frigo depuis un moment. Peut-être depuis midi ? Merde, le ronflement s'arrête. Le corps gigote sur le canapé. Je repose le verre sans regarder, forcément puisque je zieute le curé, et remerde, je renverse la bouteille. Il sursaute pendant que je la redresse.

– *C'est toi Gégé ?*

Le curé émerge de son néant provisoire. Il me fixe avec un air ahuri.

– *Mais vous êtes qui vous ? Faut pas vous gêner, piquez-moi mon pinard.*

– *Désolé mon père, je visitais l'église, j'ai entendu du bruit, j'ai poussé la porte, je vous ai vu endormi, j'avais soif. Alors !*

– *Non mais attendez, c'est le sang de Jésus ! Ça se bois pas comme du picrate d'alcolo !*

Il veut s'asseoir, mais je le sens au bord du malaise.

– Où là, je crois que j'ai un peu forcé tout à l'heure. Quelle heure est-il ?

Je crois que je commence à comprendre. Mon curé a dû forcer un peu sur le vin de messe. Le boire en guise d'apéro avec des potes, il exagère un peu non ?

– J'ai cru que c'était Gégé. Lui, faut pas lui en promettre, doit être encore plus bourré que moi.

– C'est qui ce Gégé ?

– C'est le toubib. On se connaît depuis des années. On bosse un peu en binôme tous les deux. Il passe chez ses malades et moi je passe derrière lui.

– Et vous pensez que vous avez un peu forcé sur le vin de messe à midi ?

– Oh non pas plus que d'habitude. Mais quand Gégé est là, ça dégénère toujours un peu. Bon puisque vous y êtes, merci de m'en verser une gorgée. Je vais trinquer avec vous, et vous êtes qui sans indiscrétion ?

– Je suis de passage, à vous je peux le dire, c'est un peu comme au confessionnal, j'enquête sur vos concurrents du château.

– Concurrents mon cul oui ! Si vous croyez qu'il

puisse y avoir le moindre rapport entre ces fils de putes et l'église catholique ! Des macaques illettrés qui prient des troncs d'arbres sculptés, tu parles de fidèles. L'avantage avec ce genre de crétins c'est que quand ça crève, ça file directos des flammes du crématorium à celles de l'enfer. Saint Pierre ne les voit même pas passer. Et tu leur veux quoi à ces primates?

D'accord ! Bonjour le curé…. ! Doit pas falloir trop l'emmerder le Don Camillo de Saint Frusquin. Il a dû faire son séminaire à Saint-Émilion.

– *Je veux juste leur arracher un copain tombé là-dedans par accident.*

– *Je te souhaite de réussir mon fils, aller, à la tienne ! Ouais, manque un peu de fraîcheur, tant pis, à la guerre comme à la guerre. N'empêche notre Saint Frusquin, il aurait pu nous éviter ce genre de voisinage. Il va quand même falloir que je le relance. Faut qu'il s'arrange pour que cette furonculose quitte le château. Le plus tôt sera le mieux.*

– *Vous lui parlez à Saint Frusquin ?*

– *Et comment, sinon à quoi ça servirait qu'il y en ait un morceau ici dans l'église ?*

– *Un morceau de Saint frusquin ?*

– *Oui, une relique quoi.*

– Et c'est quoi cette relique ?

– Une dent.

– Une dent ?

– Bah oui une dent. Ça changerait quoi qu'il y ait autre chose ? De toute façon tout ça, ce sont des conneries pour les bigotes du pays. Une dent de Saint frusquin, tu parles. Vu la taille de la dent, il devait avoir une sacré grande gueule Saint Frusquin. Même la jument du père Grosbois en a pas des pareilles. Mais bon on fait avec ce qu'on a n'est-ce pas ? C'est pas pire que de s'adresser à une statue en plâtre. Humaine ou animale, la dent au moins, un jour elle a été vivante dans le claquoir d'un être de chair et d'os, Aller, tu me reverses une goutte de ce breuvage béni ?

– Vous avez une conception bien particulière de votre sacerdoce mon père. Vous me semblez bien désabusé.

– Y a de quoi non ? Je suis dans le métier depuis plus de quarante ans et j'ai encore pas rencontré le patron.

– Le patron ?

– Oui, Dieu quoi ! Tu veux que je te dise ? Je crois que finalement, il est en RTT. Il a bossé sept jours et après il a dû se dire ça suffit. Maintenant démerdez-vous. Jamais là quand t'as besoin de lui.

Jamais la moindre réponse quand tu le sollicites, jamais le moindre signe. Satan, lui au moins, tu sais qu'il existe. T'en as des preuves tous les jours. Il est bien présent en chacun de nous ! Si je te disais ce que j'ai pu voir et entendre, même ici dans l'église ! Mais le taulier lui, jamais vu !

– Et pourtant vous êtes toujours curé ? Un curé incroyant c'est surprenant vous ne trouvez pas ?

– Ah mais t'as rien compris ! Je t'ai pas dit que je ne croyais pas en lui, je t'ai dit que je l'avais jamais vu ou entendu ! Pourtant, c'est pas faute d'essayer hein ! Allo le ciel ? ici la terre... ! Bernique ! Il n'y a pas d'abonné au numéro que vous avez demandé ! Et pour moi, ça dure depuis des décennies. J'ai tout essayé. Je l'ai sollicité, prié, supplié, engueulé, injurié, méprisé, accusé, que dalle, silence sur la ligne ! Insensible le père éternel, sourdingue, sonotone en rade.

– Et vous y croyez quand même toujours ?

– Je vais te dire un truc que je peux dire à personne, mais comme tu vas nous débarrasser de la chienlit du château, je vais te le dire. Je crois qu'il existe à cause de ce qui arrive à ceux qui s'en revendiquent. Ils finissent tous mal ! Regarde Jésus, Bernadette, Sainte Thérèse, je vais pas te déballer la liste des saints qui l'ont rejoint dans la douleur, toutes et tous en ont pris plein la gueule ! Quand tu t'adresses à lui finalement, si tu analyses

un peu, tu prends un gros risque.

– Pourquoi me dire tout ça à moi ?

– Je te l'ai dit, tu vas nous débarrasser des crétins professionnels du château. Je sais pas pourquoi, une intuition.

– Et bien excusez-moi mon père, mais il faut que je vous quitte. Ravis de vous avoir rencontré.

– Tu veux pas voir la dent ? Comme tu veux. Si ça te dit de venir à la messe dimanche, j'ai préparé un sermon, je te dis que ça ! Tu seras pas obligé de communier. Après on boira un canon avec Gégé !

Chapitre 14

Jour J, heure H. J'attends l'arrivée de Amir afin de lui remettre le premier versement prévu. Il doit s'adresser à l'accueil de l'hôtel. Ensuite nous nous rendrons à l'entrée du souterrain, afin d'y retrouver sa bande de bras cassés. Je ne peux plus reculer, les dés sont jetés. L'hôtelier m'avertit précisément que quelqu'un me demande.

– *C'est bon, laissez monter merci.*

Je sors, je guette dans le couloir. Amir arrive. Il est seul comme je lui avais demandé. Il entre, je referme.

– *T'as le pognon ?*

– *Puisque je t'ai dit ce matin que je l'avais, c'est que je l'ai. Tes potes sont prêts ?*

– *Attends, t'as pas confiance ou quoi ?*

– *Combien vous êtes ?*

– Ouais ça va, pas la peine non plus d'être deux mille. C'est bon je te dis. Casque et on y va. Y a pas d'embrouille.

– Ok, tiens tu peux recompter. Il y a quinze mille, le reste après.

Il compte et fourre le fric dans un sac de toile plat, qu'il dissimule sous son t-shirt. J'ai bien pris soin de ne lui montrer que les quinze mille euros. Il ignore où se trouve le reste. Méfiant, je lui dis que le solde lui sera remis ailleurs qu'ici. Faut tout prévoir avec ce genre de mec. Allons-y. Il ne faut pas plus de dix minutes pour faire le tour du quartier et revenir sur l'hôtel par le bois de l'autre côté de la clôture. Effectivement une poignée de jeunes ados nous attend. Une quinzaine pas plus.

– C'est tout ? Vous n'êtes pas plus nombreux ?

– Quoi, c'est bon, ça suffit, pour tabasser des pédés de mes couilles ! On a des barres et des lacrymos.

– Je t'ai dit qu'ils sont cent trente, putain. Fallait être au moins trente ou quarante et puis vos barres là, faut pas faire de blessés, faut juste foutre le bordel.

– Ça va je te dis ! C'est bon, on va tout niquer. Avec quoi tu veux qu'on casse ton chapiteau ? Avec la queue ?

Inutile de discuter davantage. Je comprends que cet enfoiré n'a pas envie de partager les trente mille euros avec une légion romaine. Il va sûrement filer trois cents balles à chacun et se partager le reste avec ses deux associés.

– Vous avez des cagoules ? Pas qu'on puisse vous identifier.

– Ouais, c'est bon, putain ! Des cagoules et des gants. Pas d'empreintes.

– Ok on y va, suivez-moi.

Nous longeons le souterrain jusqu'au bout. C'est le moment.

– Attendez, je passe le premier. Si tout va bien, vous grimpez tous dans la chapelle. Filez-moi un coup de main.

Me voici dans le ventre de l'autel. J'éclaire la face où se trouve la porte. Maintenant tout peut arriver. Si quelqu'un se trouve dans les lieux, il va me voir sortir et probablement donner l'alerte. Mais comme nous n'avons plus le choix, allons y. Je soulève le loquet, je pousse, je sors. C'est bon, personne. Petite mais sympa la chapelle. La fine équipe sort à son tour cagoulée et gantée. Je me dirige vers la double porte et j'ouvre doucement. Je jette un œil. C'est un hall. Au centre, l'eau d'une fontaine coule dans une large vasque posée sur un éléphant d'albâtre dont la trompe est repliée sur le carrelage. Une musique d'ambiance en sourdine se mêle au bruit de l'eau. En face, une porte ouverte donne sur une pièce dont la table est couverte d'ordinateurs. Personne non plus dans le hall. D'un côté il s'ouvre sur un parking ou j'aperçois le minibus, de l'autre sur le parc ou apparaît le barnum.

– C'est le moment, foncez sur le chapiteau, moi, je fouille le château.

À partir de là, je te raconte pas. Une bande d'excités se rue en hurlant sur le parc. je n'ai pas le temps d'assister au spectacle. Je cours de pièces en pièces, je grimpe un escalier, des chambres, encore des chambres. Dehors j'entends les cris affolés des adeptes de LéZéLu. Je continue de grimper, je vois une grande salle très propre, remplie de lits de camps, le dortoir apparemment, plus haut encore, le grenier, belle charpente mais pas le temps d'admirer. Dehors c'est la débâcle, l'exode, ça doit s'entendre jusqu'en ville.

Je redescends. Putain, il est où le Singa ? Le hall encore, la chapelle grande ouverte, je sors côté chapiteau. Ah ben non, il n'est plus là ! Enfin si, mais à plat sur la multitude. Le ciel est tombé sur la tête des disciples. Ça grouille la dessous comme si une armée de vers de terre soulevait le sol. Une partie des adeptes ayant réussi à sortir avant l'effondrement, court dans tous les sens poursuivis par la bande à Amir. Encombrés de leurs robes de prières que je n'ai pas le temps de te décrire, ils tentent d'échapper aux coups de barres (Non, je dis pas qu'ils ont un coup de barre, je dis coups de barres) assenés par mon armée de loubards.

Oh là ! attend un peu. Les trois qui s'enfuient là-bas sur ma gauche, ils ne sont pas vêtus comme les autres. Ça sent le patronat, la direction générale ! Ils semblent partir vers un point précis, j'interpelle les attaquants qui se trouvent au plus près de moi.

– *Oh les mecs, chouffez, chouffez les trois là-bas qui se barrent, ce sont les responsables, faut pas qu'ils se taillent, chopez-les, putain, chopez-les.*

Ca galope illico. Cinq ou six, pas le temps de compter, de mes gars (Tiens je viens de dire mes gars ?) leur filent le train. Je gueule.

– *Tapez pas dessus, faut qu'ils parlent !*

J'espère qu'ils m'ont entendu. Ils sont tellement dans l'action que tout peut arriver. T'imagines s'ils fracassent la tronche du grand manitou ou de ses sbires ? Faut qu'ils restent en état de parler. Pour être franc, je ne contrôle plus rien. Faut dire que ce sont des habitués du combat rapproché face aux forces de l'ordre dans les émeutes, alors tu penses, ici, contre des adorateurs du plus vieux squelette humanoïde, habillés comme les moines d'une pub pour camembert, ils n'ont aucune retenue. Ils ne courent pas, ils volent.

Paf paf paf ! Trois corps gisent sur la pelouse. L'un d'eux tente de se relever. Paf ! Encore un coup de matraque. J'arrive sur place. Je retourne celui qui porte la robe la plus élaborée. Blanche immaculée, enfin avant, parce que là franchement… Sur la poitrine, une carte de l'Afrique stylisée, couleur unique, le vert de l'espoir, l'Afrique unifiée quoi, et au centre un trône en or sur lequel est assis un roi black portant couronne et tenant sur ses genoux le squelette déglingué du premier homme découvert sur le continent, en l'occurrence une femme, prénommée Ardi, âgée de quatre millions d'année et même un poil de plus, oh, pas grand-chose, quatre cent mille ans, pas de quoi s'attarder sur ce détail. Ah si encore un détail, son matricule attribué par les scientifiques est inscrit sur un bandeau déposé aux pieds du roi. ARA-VP-6 / 500. Tout ça pour te dire que je dois avoir devant moi, le fameux Maître de la clique du château. Je l'aide à se relever.

– Et bien tu vois, je t'avais averti que j'allais venir. Tu pouvais pas le savoir, mais moi faut pas m'emmerder ! Il est où ?

– Va te faire foutre connard. Moi non plus faut pas m'emmerder !

– Comme tu veux ! Je vais faire comme tu as fait avec Singa, mes amis vont tirer les oreilles de tes complices jusqu'à ce qu'ils nous disent où se trouve la seringue qui délie les langues, je vais te faire une injection et tu vas répondre gentiment à ma question, sans violence. Tu vois, nous allons juste perdre un peu plus de temps. C'est quand même con t'avoueras ? Tu réponds, je vais le

chercher, il repart avec nous, tu remets de l'ordre dans le château, enfin, après m'avoir également livré Ididé Junior muni de son œuvre d'art et t'entends plus jamais parler de moi ! Alors ? On continue de perdre du temps ou bien ?

– Il est dans une cellule, sous le château.

– Eh bien voilà, aller, je te suis. Tiens, toi et toi, vous nous accompagnez, j'ai pas confiance en lui, les autres surveillez moi ces deux lascars déguisés en travelos. Je peux encore avoir besoin d'eux.

J'aide le marabout à se relever et nous le suivons. Nous contournons la construction et parvenons sur la face parking. Sur le côté de l'entrée, nous apparaît l'accès au sous-sol de la bâtisse. Quelques marches à descendre, une porte à ouvrir et nous y sommes. Ca chlingue l'humidité. Un premier niveau qui apparemment ne nous concerne pas, nous descendons donc plus bas. Ah, malgré que l'électricité soit inventée depuis longtemps, ce sont des torches qui éclairent l'endroit. D'abord une sorte de salle de garde, puis un couloir sordide décoré de quatre portes médiévales.

– La dernière à droite.

Nous suivons l'indication du gourou et quelques secondes plus tard Singa me fait face. Il est en apparente bonne santé.

– Salut bonhomme, content de te revoir. Comment

tu te sens ?

– Ça va ! Pas de maltraitance particulière. Je suis tombé dans le piège comme un con.

– Oui, tout comme moi. Mais si notre hôte s'est un peu fait prier pour collaborer, il a finalement compris qu'il fallait arrêter les conneries. Bon, faut dire que j'ai quelques arguments convaincants. Ils sont encore en train de remettre un peu d'ordre dans la propriété. On y va ?

– Je te suis.

– Dis donc grand maître de mes choses, y a quoi derrière les autres portes ?

– Des mauvais sujets, des rebelles, ils voulaient nous quitter.

– Et bien ils vont pouvoir être exaucés, allons y. Messieurs, la liberté vient de vous rendre visite, vous pouvez rentrer à la maison.

– Oh, tiens donc, une cellule spéciale women. Bonjour Mesdames, la voix est libre !

Tout ce petit monde regagne la surface. C'est toujours le bordel, une fumée s'échappe de je ne sais où côté barnum. Je me tourne vers le mage.

– Et Ididé ?

– Il n'est plus là ! Il est parti ce matin avant le

jour. Il va rentrer à Bézanville. Vous l'avez dans le cul toi et ton gouvernement d'exploiteurs. C'est fini l'esclavage, le bon petit nègre obéissant. Bien missié, oui missié ! Terminé les coups de pompes au cul. L'Afrique se réveille. La chine à côté c'est encore la belle au bois dormant.

Je ne sais pas pourquoi, mais je le crois. Au point où il en est, il a peu de raisons de mentir. Son trip à lui c'est la manipulation des masses.

– *Dis donc, puisque nous en sommes aux confidences, le grand maître des grands maîtres, l'esprit divin, le nouveau Messie, tu connaîtrais pas son nom des fois ? Si nous pouvions éviter la seringue pour obtenir l'information, ce serait bien non ?*

– *Il s'appelle Taka Bossé C'est le ministre du temps libre du gouvernement de Ididé Bobar. Normalement, c'est le ministère le plus important au Zimbarundi. Je me suis toujours demandé comment il pouvait concilier son travail avec son poste au sein de notre ordre ?*

– *Merci du renseignement. Bien. Les enfants vous allez pouvoir vous retirer. Le combat est terminé.*

Je plante là les trois frères supérieurs du monastère du château et me dirige vers l'emplacement du défunt barnum. Ca crame vilain. Ces cons de trous du cul d'abrutis sont allés foutre le feu au chapiteau. Les flammes lèchent les murs du château. Faut prier qu'elles ne s'y propagent pas.

Normalement il y a encore un peu de marge, ça devrait s'arrêter tout seul. L'ennui, c'est que la fumée doit se voir de loin. Bon ben, faut pas traîner ici.

– C'est bon les jeunes, ça suffit, barrez-vous tous. Passez par la porte, inutile de retourner au souterrain. Dites à Amir qu'il me retrouve à l'hôtel.

Nous quittons les lieux en même temps que quelques adeptes toujours en robe du soir, sans doute des déserteurs. Nos jeunes leur bottent encore un peu les miches. Tout ce petit monde s'éparpille. Pour nous, plus rien à foutre à saint Frusquin. On rentre à l'hôtel, je solde la facture Amir et compagnie, on plie bagages et tchao !

Effectivement tchao ! Tchao château ! Putain le feu d'artifice ! Boum l'édifice ! Il monte dans l'espace avant de retomber en milliards de particules. Faut se planquer. Il pleut des caillasses. Le bruit, je te dis pas, impossible de le décrire. Boum quoi ! Un grand boum ! Il parlait de suicide collectif le Maître. Il ne plaisantait pas le con. Mourir pour des conneries, des utopies aussi monumentales, tu peux pas le croire et pourtant ?

À Saint frusquin, dans le sud-est de la France, il y avait un château ! Un château classé au patrimoine qui plus est. Et bien depuis quelques secondes, il n'y en a plus ! Terrain à vendre. Le curé avait raison. J'ai débarrassé le secteur de la secte LéZéLu. Au moins pour une fois, Dieu l'aura entendu.

Chapitre 15

Suicide collectif à Saint Frusquin ! Un château classé au patrimoine national détruit ! La presse en fait des gorges chaudes. Enfin une info qui sort de l'ordinaire. Fini les gilets mauves qui manifestent contre la disparition des vers luisants et autres lucioles dans les champs de lavande. Une énergie non polluante et gratuite qui permettait de bosser la nuit et de revendre de la lumière à EDF. Fini les émeutes des quartiers populaires suite à la mort d'un gentil petit délinquant bien connu de la justice, qui a percuté sur un deux roues volé, l'arrière d'un véhicule de police qui tentait de lui échapper. Tiens, à ce propos j'ai des nouvelles, les policiers ont été incarcérés. Les frais d'obsèques du jeune homme seront pris en charge par l'état et une rente mensuelle de cinq mille euros sera versée aux parents. Faut qu'il y ait une justice merde !

Fini les reportages sur les églises françaises dont les charpentes ignifugées prennent feu spontanément et crament totalement en deux minutes quarante dans une belle fumée jaune. Fini, les mamies interpellées par les forces de l'ordre après altercation avec une bande de jeunes qui voulaient l'aider à porter son porte-monnaie. Fini les arrivages massifs de migrants venus nous apporter leur savoir-faire en matière de politique sociale etc… Il n'y en a que pour le château de Saint Frusquin disparut du paysage. Nombre de morts à confirmer, nombreux blessés, quelques rescapés hagards, et mise à jour d'un souterrain jusqu'à lors ignoré des services publics.

Tout ça c'est bien beau, mais en attendant notre petite frappe d'Ididé Junior nous encore chié du poivre. Monsieur le ministre n'est pas content, mais alors pas content du tout.

– Je ne comprends pas bordel. Vous étiez deux, sur place, il se trouvait à deux cents mètres de vous et vous le laissez se barrer ? C'est pas possible, vous l'avez fait exprès ?

– Mais monsieur le ministre, vous avez lu la presse, vous savez ce qui s'est passé ! Le château détruit par cette bande de tarés.

– Mais je m'en tape de votre château, je m'en tape ! Ça se reconstruit un château. Entre une vieille merde moyenâgeuse cramée et la fuite d'un espion dangereux, mon choix est vite fait. Retrouvez-le, pistez-le, suivez sa trace jusqu'en Afrique s'il est parti la-bas. Rasez tout le Zimbarundi si c'est nécessaire, torturez son putain de président de père jusqu'à ce qu'il accouche, mais retrouvez moi cette déjection au plus vite. Et

avec sa putain de tête de nœud. Lui à la limite, on s'en branle. D'ailleurs, je vous l'ai dit. Si vous mettez la main dessus, et je reste persuadé que vous allez y arriver, récupérez la sculpture, et ensuite foutez moi cette charogne aux vautours. Vivant si possible. Je veux l'entendre gueuler depuis le balcon de mon bureau. Vous savez, le président est excédé. Il tourne comme une hélice dans le palais, il ne comprend pas. Pour calmer un peu sa colère, il a demandé la démission du maire de Saint Frusquin qui a laissé s'installer cette secte sur sa commune, mais ça n'a pas apaisé grand-chose. Je vais sauter, je vais sauter vous entendez ? Je suis quand même le ministre des affaires louches et si ça n'en est pas une, c'est quoi hein, c'est quoi ?

– Nous allons tout faire pour retrouver sa trace monsieur le ministre. Il a juste un peu d'avance sur nous, si ça se trouve il est encore sur le territoire.

– Oui et bien moi, je vous fiche mon billet qu'il est déjà sur un bateau ou dans un avion.

– Sans papiers ? Ça m'étonnerait beaucoup. Oh mais attendez monsieur le ministre, il me vient une idée. Permettez-moi de ne pas vous en dire plus pour l'instant. Nous remontons sur Paris.

– Mais vous n'avez plus rien à foutre à Paris bordel. Foutez-moi le camps en Afrique !

Faites-*nous confiance. Laissez-nous faire. Je suis*

à peu près certain d'avoir raison. Mes respects monsieur le ministre.

Doit être furax le ministre. Se faire raccrocher au pif par un enquêteur foireux, il ne doit pas avoir l'habitude.

On se barre Singa. On a plus rien à foutre à Saint Frusquin. Les dernières recherches de la gendarmerie n'ont abouties à rien. Nous perdons notre temps. On remonte illico sur paris.

– Et tu espères quoi à Paris ?

– Nous allons retourner à l'ambassade du Zimbarundi. Si l'ambassadeur est vraiment ce qu'il prétend être, il va devoir nous le démontrer. Réfléchis. Si Ididé est réellement dépourvu de pièces d'identité, il risque d'être interpellé à tout instant. Sa seule chance, c'est de retourner à l'ambassade et attendre la réception de nouveaux papiers sous un autre nom. Ce qui lui permettra de quitter la France sans le moindre problème.

– Et sa photo ? Elle doit être partout.

– Tu te fous de moi ? T'es bien placé pour savoir qu'une tronche ça se modifie non ? D'autant que pour les blancs, rien ne ressemble plus à un noir qu'un autre noir. Quel flic ou douanier irait supposer qu'un mec aussi recherché que Ididé, aurait l'audace de se présenter à l'embarquement sachant que sa gueule est derrière le comptoir ?

– Finalement, je pense que tu dois être dans le vrai. Mais pourquoi tu n'as pas expliqué ça au ministre ?

– Tu rigoles ? A l'heure qu'il est, il aurait déjà foutu la merde à l'ambassade. Ils sont tellement stressés la haut qu'ils sont capables de tout et surtout du pire. Tu veux que je te dise ? C'est pas normal un cirque pareil pour une histoire de tête de nœud supposée espionne. Qu'est-ce que la ou les puces récupérées par Ididé Junior ont bien pu enregistrer ? Un espion, on le cherche, on le capture ou on le butte c'est selon, mais là du bonhomme, on s'en fout. Ce que demande le sommet de l'état c'est pas lui, c'est sa sculpture piégée.

– Et bien pour le savoir, il faut trouver le bonhomme. Il nous remettra les puces pour autant qu'elles n'aient pas déjà été réceptionnées par Bézanville, ou si malheureusement c'est déjà fait, il nous mènera à la tête de nœud trafiquée, qui elle nous livrera son disque dur, si bien sûr il existe. Bon, pour Paris, c'est quand tu veux !

Chapitre 16

Dans moins de deux minutes, nous serons dans le caca. Nous allons commettre l'irréparable. Plus le choix, il faut que ça marche. En cas d'échec, pour Singa et moi, il faudra envisager la fuite au cœur de la forêt amazonienne. Monsieur l'ambassadeur, protégé par les règles diplomatiques internationales, n'a pas souhaité nous recevoir. Je te retranscris la conversation.

– Écoutez, je vous ai tout dis, je n'ai rien à ajouter. J'ignore où se trouve Ididé Junior. Il n'est pas dans l'ambassade et s'il l'était, il est bien évident que je ne vous le livrerais pas. Essayez d'imaginer une de vos ambassades, remettre un de vos ressortissants aux mains du pays qui l'accueille. Où irions-nous ?

Je vous remercie de ne plus m'importuner avec cette histoire sans intérêt. Ne m'obligez pas à me plaindre officiellement. Un incident diplomatique en ce moment avec le Zimbarundi serait on ne peut plus malvenu. Il y a des intérêts qui vous dépassent. Retournez à vos enquêtes conjugales.

Tout le monde y trouvera son compte. Maintenant je dois vous laisser, j'ai une soirée à l'opéra.

J'ai pas aimé la vanne au sujet des enquêtes conjugales. Surtout qu'on l'a déjà faite il n'y a pas si longtemps. Deux fois de suite ça devient vexant.

– On fait quoi maintenant ?

– Mon cher Singa, il y a une phrase extraite d'un roman, ou d'un film si tu aimes le cinéma, que tout le monde connaît. Si tu ne vas pas à Lagardère, Lagardère ira à toi !

– Tu veux entrer quand même dans l'ambassade ? Comment ? De force ? Et tu peux m'expliquer ?

– Tu l'as entendu aussi bien que moi, monsieur à une soirée à l'opéra ! Nous allons faire en sorte que sa soirée commence en retard. Nous allons intercepter sa voiture.

– Non mais t'est complètement givré ! En plein Paris, la bagnole d'une ambassade !

– Tu as une autre solution ? C'est jouable je te dis. L'ambassade est paumée dans un quartier tranquille. Le véhicule sort, s'engage dans la rue, prend la première à droite, est stoppée par toi-même qui manœuvre pour te garer, je profite de la situation pour grimper dans la bagnole.

– Ça ne marchera jamais pour deux raisons. La première c'est qu'il nous faudrait une chance de

cocu pour trouver une place de stationnement au bon endroit au bon moment et la seconde, tu penses bien que la fermeture centralisée des portières sera enclenchée !

– Pour le stationnement, j'ai pu voir lorsque je suis allé à l'ambassade qu'il n'était autorisé que du côté gauche de la rue, mais que le trottoir de droite était assez large pour y monter sans gêner la circulation. Tu manœuvres en me laissant le temps de grimper dans la bagnole, et dès qu'elle repart, tu nous suis. Quant aux portières, aucune importance j'ai ce qu'il faut. Un petit gadget électronique à trente euros qui déverrouille toutes les portières et de n'importe quelle voiture.

– Donc j'ouvre, je m'installe, tu me passes ton flingue sans munitions, comme ça, pas de risque d'accident, Je braque monsieur, je demande au chauffeur de repartir, tu nous suis avec la bagnole, à la première occase je fais stationner le véhicule, je fais comprendre à Bokaka Kabossé qu'il serait beaucoup plus simple de coopérer avec l'état Français, on discute, il me rencarde je lui souhaite une bonne soirée et voilà. Tout le monde est satisfait.

– Tu oublies un petit détail. Il va sûrement être accompagné par madame l'ambassadrice. Tu montes où dans ce cas, devant à côté du chauffeur qui ne manquera pas de te niquer à la première occase ?

– Il n'y a pas de madame l'ambassadrice. J'ai eu cette info par hasard en discutant avec Elsa Hymer.

Bon, ce que je lui dis là, c'est pas vrai du tout. C'est juste une intuition. Quelque chose qui me dit que Monsieur n'a pas de Madame.

– Je le sens pas ton truc là, je le sens pas.

– Je sais que c'est du suicide, mais si nous ne tentons pas le tout pour le tout, l'enquête va s'arrêter là ! Ça m'ennuierait autant pour la France que pour toi ami lecteur car tu n'as pas acheté ce bouquin pour qu'il s'arrête ici hein ? T'aurais l'impression d'avoir été floué ! Aller, je te file un tuyau, on va tout faire pour ça fonctionne.

Et voilà, nous y sommes. Je guette la sortie de l'ambassadeur, Singa est en attente garé sur le trottoir. J'espère juste que Bokaka Kabossé ne m'a pas raconté de conneries juste pour abréger notre conversation téléphonique. Ah, ça bouge. Le nez de la voiture apparaît. Je préviens Singa d'un geste. Il quitte le trottoir, encombre la chaussée, mets les warning et se concentre. Le véhicule parvient à l'angle, tourne à droite et se trouve bloqué par Singa qui manœuvre le plus maladroitement possible histoire de gagner du temps, pour remonter sur le trottoir. Je fonce. Clic ! Je déclenche la suppression de la fermeture centralisée. Je ne leur laisse pas le temps de comprendre. J'ouvre et je m'engouffre.

– Monsieur l'ambassadeur bonsoir. Désolé pour cette intrusion mais vous ne m'avez pas laissé le choix.

Le chauffeur tente de descendre aussitôt dans l'idée de me virer, mais la vue du 6,35 l'en dissuade.

– Fait pas de conneries mec, repart et cherche un stationnement légal. Inutile que je te décrive la tronche de l'ambassadeur. D'abord surpris, puis terrifié par le canon, il ordonne à son subordonné de faire ce que je dis. Nous repartons, Singa nous colle au pare choc.

– Voilà une action qui va vous coûter très cher monsieur l'enquêteur.

– Ça dépend uniquement de vous monsieur l'ambassadeur. Si vous aviez accepté de me recevoir, nous n'en serions pas là. Votre protégé a foutu un tel merdier a Saint Frusquin qu'il est responsable de la destruction d'une partie du patrimoine Français, mais surtout de la mort de plusieurs dizaines de personnes. Si l'un de nous deux est dans la merde, ce n'est pas forcément celui qu'on croit. Vous avez recueilli, abrité et aidé à s'enfuir, un espion sans scrupule et criminel. Je suis payé pour mettre la main dessus et vous aller m'aider de gré ou de force. Où est cette ordure ? Faites très attention à vos réponses. J'ai les nerfs depuis quelques jours. Alors forcément, j'ai la main qui tremble un peu.

Le chauffeur a repéré un parking d'immeuble, il s'y engage, stationne et coupe le moteur. Singa vient de faire de même. Pour l'instant ça roule.

– Ne faites pas de bêtises, ne commettez pas l'irréparable, me tuer ne fera pas avancer votre enquête. Laissez partir mon chauffeur, il n'est pour rien dans l'affaire.

– Ben voyons ! vous me prenez vraiment pour un con hein ? Il reste là et s'il tente quoi que ce soit je vous bute tous les deux. C'est clair ? Dites-vous bien que pour le grand public, vous serez tombés sous les balles d'un malade mental, un illuminé qui aura voulu venger la mort des victimes de Saint Frusquin. Alors j'attends, je vous écoute.

– Bon, c'est vrai, Ididé junior est revenu à l'ambassade, nous lui avons dans l'urgence donné un statut de diplomate. Attaché d'ambassade. Il circule sous un faux nom.

– Et c'est quoi ?

– Issé Baré.

– Où est-il en ce moment ?

– Dans un avion privé. Il vole vers le Zimbarundi. C'est terminé pour vous. Vous voyez, ça ne sert à rien de me braquer. Vous avez perdu.

– Si vous m'aviez dit ça au téléphone, vous n'auriez pas un flingue pointé sur vous. Vous

seriez à l'Opéra. Mais puisque je vous tiens, vous allez me dire ce que contiennent les puces contenues dans la tête de nœud. Elles ont enregistré quoi ?

– Mais rien ! Enfin, je veux dire, rien d'important. Rien que nous ne sachions déjà par le téléphone arabe. Des banalités quoi. Les prochains déplacements de votre chef d'état, les raisons de ces déplacements, ses prochaines interventions, quelques entretiens sans intérêt pour nous avec ses principaux collaborateurs, des banalités quoi ! Vous croyez quoi, que les puces sont analysées à l'ambassade ? Elles sont envoyées à Bézanville pour y être analysées par nos services. Je ne suis que la cinquième roue du carrosse. Mon gouvernement ne va pas courir le risque que je puisse vous dévoiler quoi que ce soit d'important volontairement ou non. Comme en ce moment par exemple.

– Vous prétendez que vous n'avez pas visionné ou écouté ce qu'elles contenaient à l'ambassade ?

– Vous pensez bien que tout est crypté ! Bobar serait le premier à me faire éliminer s'il avait le moindre doute. Vous n'avez pas d'autre choix que tenter d'intercepter Ididé Junior et sa sculpture avant qu'elle ne soit entre les mains de mon gouvernement. Je vous assure que je vous dis la vérité. Bobar ne fait confiance à personne. Faut dire qu'il s'est fait beaucoup d'ennemis même

dans son entourage.

– Et Taka Bossé ?

– C'est le ministre du temps libre. Cousin par alliance de Bobar. Aucun intérêt. Une ombre dans l'ombre de l'état.

– Une ombre illuminée si j'en crois les propos du gourou de saint frusquin. Taka Bossé serait la tête pensante et dirigeante de LéZéLu. Le grand manitou international si j'ose dire.

– Oui et bien ça, ça reste à démontrer et même si c'est le cas, qu'est-ce que cette secte peut bien vous faire ? Elle ne concerne pas votre enquête. Il y a deux choses bien distinctes. Une histoire plus ou moins bidon d'espionnage et quelques centaines de faibles d'esprits qui revendiquent une Afrique unifiée sous une bannière religieuse improbable. Que Ididé en fasse partie et qu'il soit soupçonné d'espionnage, ne crée pas vraiment de lien.

– Mais c'est lui le lien. C'est chez eux qu'il est allé se réfugier. C'est à eux qu'il a demandé l'asile et probablement une aide pour échapper à la justice française.

– Oui, mais ça c'était très provisoire. Il savait parfaitement qu'il serait obligé de revenir à paris rapidement. Seuls les services de l'ambassade pouvaient lui fournir les documents et les moyens

de quitter la France. Ce que nous avons fait car c'est non seulement un ressortissant Zimbarundien, mais le fils du président.

– Vous me confirmez qu'il est parti avec l'objet qui nous intéresse je suppose ?

– Évidemment, il ne pouvait courir le risque de vous laisser mettre la main dessus ! Lui et sa sculpture volent vers Bézanville, je vous l'ai dit.

– Vous me dites surtout des conneries. Si comme vous le prétendez, le Nœud ne contient que des infos sans intérêt, pourquoi y attacher une telle importance ? Quand est-ce que vous allez arrêter de vous payer ma tronche monsieur l'ambassadeur ? En ce moment vous n'existez déjà plus. J'appuie et vous finissez la soirée chez le bon dieu des diplomates. Qu'est-ce que vous savez que vous refusez de dire au point où vous en êtes ?

– Moi je vais vous le dire monsieur, je ne veux pas crever dans cette bagnole avec une balle dans la nuque. Le vrai grand manitou c'est la personne assise sur la banquette à côté de vous. Désolé monsieur l'ambassadeur, mais ma vie est bout du canon du flingue de ce monsieur. Je ne suis qu'un chauffeur payé pour conduire.

– Mais tu vas fermer ta gueule, espèce d'abrutis ? Tu vas la fermer sale.....

J'enfonce le canon entre les côtes de Kabossé. Il grimace et se tord.

– Laissez-le parler ou vous n'entendrez même pas le bruit de la détonation ! Allez-y chauffeur, je suis tout ouïe.

C'est lui le grand maître international. C'est lui qui a fait recruter le fils de Bobar pour pouvoir le contrôler. C'est lui qui veut régner sur une Afrique unifiée. C'est lui qui avec l'aide du ministre de la culture, a imaginé ce système d'espionnage. Bobar est une ordure qui terrorise autant son entourage que son peuple. Des centaines de personnes croupissent en prison. Tout ce qui l'intéresse c'est son enrichissement personnel. Le contrat envisagé avec la France, donnerait à celle-ci, la jouissance totale du sous-sol, l'exploitation à outrance de l'or et des diamants, mais également du pétrole. Il brade le Zimbarundi contre un pourcentage substantiel sur les bénéfices. C'est ça qu'il y a sur le disque dur, les discussions enregistrées dans le bureau de votre président tant avec Bobar qu'avec les parties concernées. Kabossé voulait tout savoir, il voulait des preuves de la forfaiture de Bobar. Il a fait en sorte que le ministre de la culture, installe le doute dans le crâne de Bobar et lui a suggéré de mettre l'Élysée sur écoute afin de s'assurer que la France n'allait pas le niquer sur toute la ligne dans la finalité.

Vous connaissez la suite. Monsieur

l'ambassadeur récupérait les puces contenant les infos, les expédiait par courrier diplomatique, et espérait finalement faire analyser le disque dur qui lui, restait en France et conservait les traces de tous les enregistrements. Sauf qu'il n'avait pas envisagé que votre président prendrait la tête de nœud en grippe et la virerait de son bureau, ni que Ididé allait se faire surprendre comme un con à récupérer une puce sous le nez de la femme de ménage. Il fallait rapidement récupérer l'objet avant que madame Elza Hymer ne le transmette aux services de contre-espionnage Français. Le tort de Elza Hymer a été de laisser la tête de nœud à sa place en voulant piquer Ididé la main dans le sac. La suite vous la connaissez.

– Et bien dites donc, j'ai bien fait de venir. Et comment vous savez tout ça vous ?

– Un chauffeur, on se méfie pas trop. C'est con un chauffeur, ça regarde la route et la propreté du véhicule. Ça se tient à disposition. C'est corvéable à souhait. Allez me chercher ceci ou cela, ou conduisez-moi ici ou là, vous voyez le truc ? Sauf qu'un chauffeur ça possède des oreilles et comme peu à peu on s'habitue à lui, on fait moins attention, on parle, on téléphone, on lui fait même quelques confidences par inadvertance. Sauf que vous comprendrez aisément que je n'ai pas du tout envie de crever sur mon siège ce soir, à cause des magouilles politicardes de mon patron !

– Et bien mon garçon, pour vous, la voie est libre. Vous pouvez disposer. Je vais demander à mes employeurs de vous mettre à l'abri. La France vous est redevable. Désolé monsieur l'ambassadeur mais il semble dès cet instant que vous n'ayez plus de chauffeur.

Ce dernier ne demande pas son reste et quitte le véhicule, bien heureux d'avoir sauvé ses miches.

– Finalement cher monsieur Kabossé, même si je comprends les raisons qui vous ont poussé à couvrir Ididé junior, vous l'avez dans l'os. Obligé de laisser partir votre protégé avec la tête de nœud puisque vous n'avez pas les moyens d'en lire le contenu. Échec et mat pour vous !

– Oh mais non ! Si vous croyez qu'on peut me le mettre profond comme on dit chez vous. Ididé Junior n'arrivera jamais à Bézanville. Son avion va faire comme votre château. Boum !

– Vous avez piégé l'appareil ?

– Oui ! Je dois impérativement mettre la main sur la sculpture. Elle ne doit pas arriver à destination. Je dois prouver au peuple Zimbarundien que son président est une crapule. Qu'il a vendu sa patrie à un état étranger contre une vie de milliardaire quelque part dans un coin du monde.

– Et où et quand l'avion doit-il exploser ?

– Il ne va pas exploser. Du moins pas en vol. Il va se crasher. Il ne restera qu'à fouiller le site de l'accident afin de retrouver ce que nous cherchons.

– Du bois ça brûle !

– La sculpture est protégée dans un coffret métallique.

– Je vous ai demandé où le crash était prévu ?

– En pleine savane au sud de Balé. Près du lac des cygnes.

– Quand ?

– C'est imminent si non déjà fait. Vous ne pouvez plus rien faire. Taka Bossé doit déjà se trouver dans la zone avec une poignée d'hommes afin de retrouver au plus vite la sculpture. Pour vous c'est foutu.

Chapitre 17

Louis Thibault de la Panosse, ministre des affaires louches n'en revient pas. Au lieu de reconnaître mon échec, je suis allé braquer un ambassadeur. Il fixe Singa Poor assis à côté de moi.

– Et vous avez participé à cette action irresponsable ?

– Je suis son adjoint, son co-équipier, pas son supérieur. C'est son enquête. Par ailleurs, je n'ai fait que suivre le véhicule à distance.

– En portant des écouteurs. Vous saviez donc ce qui se passait dans la voiture. S'il avait appuyé sur la détente, même accidentellement, vous étiez dans une drôle de merde tous les deux.

– L'arme était vide, rassurez-vous. Il m'a suffi d'être suffisamment persuasif pour qu'il croit le contraire. Mais tout le mérite des aveux revient au chauffeur. C'est tout de même lui qui nous a révélé une grande partie de la vérité. Avec la trouille de se prendre un pruneau pour les beaux yeux de son

taulier, il l'a balancé sans état d'âme. L'ennui c'est que maintenant la preuve contenue dans la tête de nœud, gît quelque part dans la savane Africaine au milieu des reste de Ididé Junior.

– Pour autant que tout ça soit vrai, car c'est la valse des menteurs qu'il nous joue le Bokaka Kabossé. J'attends confirmation d'un crash aérien dans la région désignée. Si c'est confirmé, il faudra accepter que nous nous sommes fait enfiler par une brochette de babouins. Mais si c'est le cas, j'en connais une qui va avoir de l'avancement croyez-moi. Quelle connerie d'avoir laissé la sculpture sur place pour prendre l'autre tafiole bronzée, la main au collet. Quelle connerie.

– Elle a joué une mauvaise carte c'est tout. Elle s'est fait doubler par la pauvre Chipo Lata.

– Non, elle n'a pas d'excuses. Elle devait illico mettre la preuve à l'abri et remonter l'info au plus haut. À cause de ses ambitions démesurées, elle est aujourd'hui la seule responsable du fiasco. La seule. Mais son cas n'est pas prioritaire. Pour l'instant, la priorité c'est encore et toujours de tenter de retrouver cette putain de tête de nœud. Si j'ai confirmation d'un accident d'avion près de Balé, je vous recontacte immédiatement et je vous fais mettre un avion à disposition.

– Nous pourrons nous rendre sur place ?

– L'avion qui s'est écrasé pour autant qu'un

avion s'écrase, était parti de France non ? Je vous remercie messieurs. On se tient au courant.

Nous quittons le bureau et le ministère avec une fois de plus la sensation que l'enquête n'a jamais été aussi proche de s'arrêter. Comme c'est souvent le cas, mon pif me dit que Kabossé a dit vrai. Il veut impérativement récupérer la preuve que Bobar est un salaud. Moi je veux y croire à son histoire d'avion trafiqué ! Mais s'il y a un point sur lequel, le ministre a raison c'est sur Elza Hymer. Si seulement elle s'était contentée de saisir la tête de nœud et de la remettre à qui de droit, il y a longtemps que son contenu serait décrypté. Bon, d'un autre côté, je n'aurais pas été contacté et tu ne serais pas en train de lire ce bouquin.

– Le ministre a raison tu ne trouves pas Singa ? Elza a bien merdé.

– Bof, nous aurions réagi comment à sa place, Elle voulait l'espion et la preuve dans un même paquet à remettre à qui de droit. Ca a foiré, c'est pas de bol c'est tout. Tu sais des échecs, dans le service de Charlotte Hofrèse, nous en avons également une belle collection.

– Ah oui, c'est vrai, j'oublie toujours que quelque part t'es un concurrent. Le prend pas mal mais je ne t'ai pas demandé, de quelle nationalité tu es ?

– Tout ce qu'il y a de français. Je suis né à Paris en 1980. J'ai fait mes études supérieures à l'école nationale des niqués de naissance, école ou tu

apprends à te démerder tout seul. À l'époque, nous habitions un deux pièces à Montreuil. À dix-huit ans, j'ai bossé pour une agence de location de voitures de luxe, genre limousine tu vois. J'étais au garage, je m'occupais du nettoyage des véhicules, et puis j'ai eu mon permis et de temps à autre j'allais récupérer une voiture déposée ici où là.

C'est comme ça que j'ai rencontré Charlotte Hofrèse. Je récupérais un véhicule dans la contre-allée avenue Foch. Il tombait des cordes. Un vrai temps de merde. J'allais ouvrir la portière quand une nana s'est approchée, trempée jusqu'à la moelle. (Vous n'iriez pas à Neuilly des fois ?) Va savoir pourquoi, je lui ai dit que c'était justement ma destination. (Vous ne pourriez pas m'emmener ?) Bien sûr, pas de problème, montez. Elle s'installe et c'est parti pour Neuilly.

Figurez-vous que ma voiture est en panne, je suis très en retard, j'ai un rendez-vous important. Si je le rate, je ne m'en remettrai pas. Mon avenir est entre vos mains. Et la voilà qui me raconte sa vie. Elle doit rendre une réponse pour un poste à l'étranger, le jour même avant dix-huit heures. Si elle loupe son rencard, la place sera pour quelqu'un d'autre. C'est si important ce boulot ? que je lui demande. (Oh oui, secrétaire particulière de l'ambassadeur de France à Bézanviile au Zimbarundi)

– Ah oui, quand même !

– Du coup, Je fais le maximum pour lui être agréable et nous arrivons à l'adresse de son rendez-vous pile poil. Elle me remercie chaleureusement et de but en blanc je lui demande si elle ne m'emmènerait pas avec elle vu que mon avenir à moi est tout ce qu'il y a de plus noir, sans mauvais jeu de mots, que la bagnole n'est pas à moi, que je ne suis qu'un larbin et qu'en réalité je n'avais strictement rien à faire à Neuilly. Il se pourrait même que mon employeur me demande des comptes au sujet de mon emploi du temps et des kilomètres au compteur. Ça l'a fait rire et émue à la fois et elle m'a demandé mes coordonnées en m'assurant que si elle pouvait me filer un petit coup de pouce un jour elle le ferait. Le temps a passé, j'y ai repensé quelques fois et puis un jour une lettre m'est parvenue. Charlotte Hofrèse avait tenu parole. Si je voulais, je pouvais quitter la France pour le Zimbarundi. Une place de chauffeur m'attendais à l'ambassade j'ai dit oui tout simplement.

– T'es pas en train de me dire que t'as bossé à l'ambassade de France à Bézanville ? Et c'est seulement maintenant que tu me le dis ?

– Pour quelles raisons je te raconterais ma vie ? Oui j'ai bossé à Bézanville sous les ordres de Charlotte Hofrèse. Je m'occupais du parc automobile. J'étais chauffeur comme je viens de te le dire.

– C'est pour cette raison que tu as été choisi pour me filer un coup de main. Putain les enfoirés. Je les entends encore ces tarlouzes (Un noir aura beaucoup plus de chance d'établir le contact avec les membres de la secte)

– Et alors, c'est ce qui s'est passé non ?

– Tu parles. Sans mon petit coup de pouce hein ? Mais puisque tu as bossé au Zimbarundi, tu dois bien connaître le pays ? Et Taka Bossé, le ministre du temps libre, tu le connais, t'as déjà vu sa tronche ?

– Tu connais bien la France toi ? Je connais Bézanville et ses environs rien de plus. Pareil pour le ministre. Je n'étais que chauffeur, pas diplomate.

– Oui, ben t'as entendu le chauffeur de Kabossé, il en avait appris derrière son volant. Alors me fais pas croire que les diplomates français sont plus muets ou plus méfiants que ceux du Zimbaroundi. Tu as bien dû être témoin de conversation parfaitement confidentielle non ? Connaissant la mentalité de tout ce pataquès diplomatique, tu n'existais pas. Tu faisais partie du véhicule comme le volant ou la banquette arrière. Moins qu'un caca de chien, un caca de chien, tu le vois, tu l'évites. Un chauffeur, t'imagines, un chauffeur ! Firmin à la maison. Firmin conduisez Madame chez le coiffeur. Firmin, elle est dégueulasse cette

voiture. Firmin, accompagnez les enfants au parc. Firmin arrêtez-vous au tabac, prenez-moi une cartouche de cigarettes. Ah, si par hasard ils ont de la schnouf, prenez m'en deux cents grammes Etc...

– Ça y est, t'as fini tes conneries ? Tu serais sympa de pas passer tes nerfs sur moi. Je n'y suis pour rien si quelque part tu t'es fait balader.

Je n'en reviens pas. Je suis manipulé depuis le début. Un pion sur l'échiquier gouvernemental. Et si tu veux que je donne mon avis, dans le cas où je parviendrais à récupérer le nœud, mon blaze n'apparaîtra jamais au firmament des enquêteurs. C'est la clique ministre, Elsa, Charles Heston, et Charlotte qui se congratulerait devant les médias. Aux chiottes le Aubin. Aux chiottes.

Ras le bol d'être le bouffon de service. Le gentil toutou obéissant. Celui à qui on jette un nonos quand il a bien rapporté la baballe. Alors être pris pour un con, TERMINE ! Je reprends la main, je redistribue les cartes. L'enquêteur officiel c'est moi. Il faut que je me démerde tout seul pour savoir si oui ou non, un zinc s'est écrasé près du lac des cygnes, et si j'obtiens l'info, je pars. J'irais chercher la tête de nœud jusque dans le fion de Bobar.

J'en suis là de ma grosse colère quand un appel me signale que quelqu'un cherche à me joindre.

– Oui, c'est Charles Heston, le ministre me

charge de vous dire qu'un crash a bien eu lieu en Afrique, à Balé, près du lac des cygnes. Vous embarquez dans deux heures à Villacoublay. Je profite de vous avoir en ligne Pour vous féliciter pour le coup de l'ambassadeur. J'aurais voulu voir ça. Il a dû mouiller la banquette l'enfoiré. Ça, j'aurais pas osé. Vous avez été élevé dans une cité du 93 ou quoi ? Putain, braquer l'ambassadeur, c'est trop drôle. Bon, n'oubliez pas. Dans deux heures à Villacoublay. Ah, j'avais oublié. Depuis dix minutes vous êtes diplomate. Sous-secrétaire d'État auprès du ministre des Affaires louches. Il vient de me le confirmer. Ça pourra vous ouvrir des portes sur place et vous êtes désormais protégé par un statut diplomatique. Vos nouveaux papiers vous seront remis à l'embarquement. Faites bon voyage et bonne chance.

– Et Singa, il est aussi diplomate ?

– Évidemment, c'est votre bras droit. Il est bombardé attaché d'ambassade. Mais quand même, quand j'y pense, aller braquer un ambassadeur dans sa voiture en plein Paris, fallait oser !

Chapitre 18

Voyage de luxe gratos en classe affaire (d'état).

Nous survolons l'Afrique devant une coupe de champagne le cul bien calé sur des sièges de cuir blanc avec appui-tête amovible et possibilité d'allonger les guiboles. Ambiance feutrée, moquette, large tablette pour lire, bouffer où travailler. Un zinc de dix places et une charmante hôtesse rien que pour nous deux. Faut dire qu'il s'agit d'un Salcon 2000 (Ca se prononce Salcone) ce qui ne change pas grand-chose, fabriqué dans les usines de Marcel Tasseau, un ancien fabriquant de lambourdes reconvertis dans l'aviation après la guerre.

Il y a un truc qui depuis un moment me turlupine. Pourquoi Bokaka Kabossé, nous a-t-il orienté sur la secte LéZéLu alors qu'il en serait le grand maître ? C'est vrai ça, c'est tout de même lui qui a laissé entendre que Ididé junior s'était peut-être barré pour trouver refuge à Saint Frusquin. Le plus probable c'est qu'il ait fait ça pour nous éloigner de Paris et.... Ouh mais attends un peu, je crois que parmi les différentes raisons possibles, il y en a une qui survole les autres. Il nous expédie dans le sud-est, préviens le gourou du coin de notre prochaine arrivée, lui explique que l'un de nous, va tenter de prendre contact pour infiltrer la communauté, lui demande de jouer le jeu, puis lorsque Singa sera tombé dans le panneau, de le faire parler pour savoir où nous en sommes exactement dans l'enquête, de le garder au frais au cas où je demanderais une preuve qu'il est toujours bien vivant lorsqu'il me contactera et pour finir de nous faire passer définitivement l'envie de fourrer notre pif dans leurs affaires. Singa se jette donc avec mon aide dans la gueule grande ouverte du loup et comme prévu se retrouve prisonnier. Une injection, il parle. Ne reste plus qu'à m'attirer également, tout en faisant semblant de me faire croire que le mieux serait que j'oublie mon compagnon et que je retourne à Paris la queue entre les pattes. (Non, je ne rajouterai rien !) Le grand manitou sait parfaitement que je vais tout faire pour m'infiltrer dans la propriété. Il me balance volontairement les horaires de l'office du lendemain se disant que je vais sauter sur l'info pour préparer mon action. Ce que j'ai fait bien évidemment, sauf qu'il ne m'attendait pas au débouché d'un sous terrain dont il ignorait l'existence et encore moins avec une cohorte de démons déchaînés.

Tout ça se tient. Par contre je ne comprends pas pourquoi il a décidé de tout faire sauter. Nous étions libres et vivants, il ne risquait pas grand-chose. Quelques mois de prisons pour séquestration et encore aurait-il fallu que nous le poursuivions en justice. Ou alors, il a voulu disperser dans les vapeurs sulfureuses de son ordre à la noix, les carcasses de cette meute de jeunes sauvages surexcités qui était en train de saccager son temple de la débilité.

Quoi qu'il en soit, ne pouvant pas revenir sur les événements passés, il va falloir faire avec ce que nous avons. À savoir, un Ididé Junior théoriquement pulvérisé, une tête de nœud égarée quelque part dans la savane Africaine et une poignée de Zimbarundiens bien décidés à mettre la main dessus pour des raisons différentes mais aussi dangereuses pour nous. Notre pilote nous informe que la fin du voyage est proche. En effet depuis un moment le sol se rapproche. Les faubourgs de Bézanville apparaissent.

Un enchevêtrement de cabanes de bric et de broc, entre lesquelles s'agite une fourmilière humaine, n'en finit pas de défiler sous le ventre de l'avion. C'est le tour à présent de constructions disparates en briques rouges, imbriquées les unes dans les autres en une indescriptible architecture qui finissent par faire place à un étonnant spectacle. Des façades d'immeubles en construction attirent le regard par un étrange phénomène visuel.

Elles vibrent et ondulent comme sous l'effet de secousses sismiques. Non mais je rêve ou bien ? Elles sont faites de tentures peintes fixées sur une façade d'échafaudages. Tout est bidon. C'est encore Singa qui me rencarde.

– Ce sont les décors du film » l'Homme de Bézanville » tourné en 1964 avec Jean Paul Melbondo. À la fin du tournage, la municipalité a demandé à l'équipe de ne pas démonter les décors car finalement, ils donnaient aux passagers des aéroplanes, la vision d'une ville nouvelle en pleine expansion et en marche vers le modernisme. Il est vrai qu'à l'époque, les toiles étaient neuves et bien tendues et les peintures donnaient vraiment l'illusion d'une ville en construction. Il y avait même de faux ouvriers qui s'activaient à chaque atterrissage et faisaient coucou aux passagers.

Nous laissons cet étonnant spectacle derrière nous alors qu'apparaissent les premières tours modernes au milieu d'une multitude d'immeubles blanc scintillants dans le soleil. Nouvelle hallucination. Nous avons fait demi-tour, nous survolons Versailles. Là, sous l'aile, le château et ses jardins !

– C'est le palais présidentiel. Il a été construit en quelques mois. Une reproduction fidèle à cent pour cent, intérieur comme extérieur. L'œuvre d'une multitude d'ouvriers venus de tout le continent et surpayés si l'on s'en réfère au salaire mensuel moyen de la région qui tourne autour de trente-huit euros. On parle de cent quatorze euros. Trois fois plus. Mais ce qui a motivé cette vague ouvrière c'est surtout la prime offerte par le gouvernement à chacun des travailleurs à la fin du chantier s'il était terminé à la date fixée. Cent euros sous forme de bons de remise sur tous les

achats de moufles, cache nez, bottes fourrées et doudounes en duvet de perroquet. Pas étonnant qu'ils se soient bougé le cul.

– Il serait pas un peu mégalo ton Bobar ?

– Il veut faire plaisir à la France. Avec le train de vie qu'elle va lui assurer une fois le contrat d'exploitation du sous-sol signé, c'était pour lui la moindre des choses.

Nous y sommes, les roues se posent sur la piste. L'appareil n'est pas encore immobilisé qu'un 4x4 de couleur noire avec drapeau Français sur le capot, jaillit sur le tarmac. Notre comité d'accueil. Pour tout te dire, c'est bien la première fois qu'une délégation diplomatique vient m'accueillir à une descente d'avion. Qui plus est sur le tarmac. Nous avons à peine posé une semelle sur le goudron que deux gugus, un grand balaise et un petit gringalet descendent du véhicule. Si je te parle du petit gringalet, tu vas me traiter de menteur. Et pourtant je te jure. Le mec noir comme du charbon ne mesure pas plus d'un mètre vingt à vue de pif. Il fonce direct sur Singa qui lève les bras au ciel avec un plaisir non dissimulé.

– Oh, Ralaplouse, mais t'es toujours là ? Et diplomate en plus ? Mais comment t'as fait ?

– Et bien très cher ami, on se débrouille, on se débrouille. Lorsqu'un être, et tel fut mon cas, a la chance de se voir offrir une seconde vie, quand la première ne tenait plus que par un poil de cul, il se

doit d'honorer son ange gardien. L'échec devient inconcevable. Même si ce n'est gagné, il faut parvenir à compenser sa petite taille, par une grandeur d'âme à hauteur des enjeux. Lorsque les sommets glorieux vous font un clin d'œil, il faut, tel Moïse au Sinaï, grimper vers la source lumineuse d'où doit jaillir le sang nouveau qui irradiera votre corps et votre cœur. Vous devez distiller une onde de pureté morale pour en extraire le nectar de la reconnaissance qui vous donnera la force et le courage d'affronter l'adversité……

– Ta gueule Ralaplouse ! Lui ordonne son collègue.

– Oui, bon, pour faire court, Je suis présentement conseiller de coopération. Je vous présente monsieur Alexandre Legrand, bras droit de l'Ambassadeur, monsieur Louis Daure.

Tout le monde se serre la pince, se dit qu'il est enchanté, que tout le plaisir est pour soi, qu'est-ce qu'on a fait bon voyage, que pas trop de turbulences ? Monsieur l'ambassadeur a été averti par Paris de notre arrivée etc...etc... Nous gagnons la voiture, Ralaplouse nous ouvre les portières, chacun s'installe et nous quittons directos l'aéroport sans franchir le moindre poste de police ou contrôle des douanes. Monsieur Alexandre Legrand, tout en conduisant, nous dévoile la suite du programme.

– Nous allons vous conduire à l'ambassade, une collation vous attend, vous pourrez vous mettre à l'aise avant de repartir pour le lieu de l'accident. Un hélicoptère de l'armée Zimbarundienne viendra vous prendre et vous emmènera sur place. Les secours et les experts sont arrivés depuis quelques heures. Il n'y a aucun survivant. Des morceaux de l'appareil sont éparpillés sur une vaste zone qui a été sécurisée. Les causes de l'accident ne sont pas encore connues. La boîte noire n'a pas été retrouvée.

Je m'abstiens de lui dire que j'espère que l'autre boîte ne l'a pas été non plus. Je le remercie pour ces infos et je regarde le paysage. Un discret coup de coude de Singa m'invite à jeter un œil en biais sur Ralaplouse. Notre orateur est assis sur un coussin élévateur de trente centimètres de haut.

Singa gribouille quelques mots sur une page de carnet et me la tend. Le bonhomme se prénomme en réalité Jésus. Il est pygmée, d'où sa petite taille et son surnom de Ralaplouse. Lors d'un safari organisé par l'ambassade de France pour des diplomates en vadrouille il y a plus de vingt ans, il fut littéralement arraché de la gueule d'une tortue alligator qui pourtant n'existe pas sur le continent Africain.

Un spécimen probablement importé des états-unis en douce, puis abandonné par son propriétaire. Une vraie saloperie cette bestiole. Mauvaise et agressive comme la femme de ton meilleur pote quand elle voit ta tronche. Transporté dans un état critique à l'hosto de Bézanville, il fut finalement sauvé, d'où son nom de Jésus et décida pour remercier ses bienfaiteurs, de rester à leur service.

Homme à tout faire, dévoué et intelligeant, il a appris le Français, et est devenu copain avec Singa lors de son séjour à Bézanville. Voilà, je sais tout sur Jésus le pygmée. Comme il serait mal venu de dire quoi que ce soit en présence de l'intéressé, je ferme ma gueule et je regarde dehors.

Depuis l'aéroport, nous circulons sur une sorte d'autoroute qui ressemble à n'importe quelle autoroute. Quatre voies, terre-plein central, panneaux de signalisation, rien de plus normal quoi. Plus nous approchons de Bézanville plus l'environnement se couvre de constructions. Alexandre Legrand dégage à droite sur la sortie numéro 8, j'en déduis que la 7 ou la 9 ne nous concernent pas, contourne un rond-point et à partir de là, tout change.

Un bordel comme tu n'imagines même pas. Comment te dire ? Tu prends un morceau de Paris aux heures de pointe, je sais pas moi, disons le 8ème arrondissement, tu le retournes et tu laisses tout tomber en vrac et bien c'est tout à fait ça. Une multitude de bagnoles, de piétons, une invasion de vélos, de deux roues motorisés, tu rajoutes une brochette de bourrins efflanqués tirant des charrettes artisanales chargées comme un trente tonnes, une pincée de bus bariolés, pris d'assaut par des passagers clandestins agrippés à la carrosserie comme une nuée de mouches sur le cadavre de ta beldoche, des gamins délurés qui profitent des embouteillages pour chouraver tout et n'importe quoi avant de détaler, et voilà, tu as une idée approximative du merdier Bézanvillien. Nous mettons près de deux heures pour parvenir à l'ambassade. C'est bon nous y sommes.

– Messieurs, soyez les bienvenus. J'aurais préféré vous recevoir dans d'autres conditions mais les faits sont là et je suis chargé de vous faciliter les contacts avec les autorités locales. Monsieur Legrand vous a expliqué comment vous alliez être héliportés sur les lieux du crash. S'agissant d'un appareil appartenant à une compagnie Française, vous pourrez effectuer librement toutes les investigations nécessaires pour éclaircir les raisons de l'accident. Vous devriez être sur place dans trois heures. Par contre, compte tenu du caractère désertique du secteur, vous devrez rester sur place. Un campement militaire a été installé avec un minimum de confort. Ce n'est de toutes façons que très provisoire. Dès que vous aurez terminé vos investigations, vous reviendrez ici à Bézanville.

– Je suppose monsieur l'ambassadeur, que si la boîte noire, ou des valises, ou tout autres choses qui se trouvaient dans l'avion étaient découverts par les autorités locales, l'ensemble de ces pièces seraient immédiatement remises entre nos mains ?

– Certainement. Comme je vous l'ai dit, s'agissant d'un avion privé appartenant à la république Française, je vois mal les services Zimbarundiens refuser de nous les restituer immédiatement.

– Sauf que vous devez savoir que le fils du président Ididé Bobar était à bord. Ce qui risque tout de même de créer quelques tensions.

– Ah, mais j'ignorais ce détail ! Oh là là, si ce que vous m'annoncez se confirme, ça va sérieusement changer la donne. Il va devenir très difficile voire même impossible de garder les informations pour nous. Vous pensez bien que Bobar va vouloir tout savoir. Qu'est-ce que son fils foutait dans cet avion ? Je le croyais en poste à l'Élysée.

– Vous n'êtes donc au courant de rien ? Paris ne vous a informé de rien en ce qui concerne Ididé Junior ?

– Ben non, je vous assure. Qu'est-ce que j'aurais dû savoir ?

– Alors là, monsieur l'ambassadeur, je ne suis pas autorisé à vous révéler quoi que ce soit que vous ne sachiez déjà. Pour le reste il faut contacter Paris.

– Je trouve la situation pour le moins surprenante. On vous expédie ici à Bézanville avec le titre de sous-secrétaire d'état et monsieur Singa

Poor en tant qu'attaché d'ambassade et je suis sensé ne rien savoir ?

– Voyons monsieur l'ambassadeur, vous savez parfaitement que ces nominations sont complètement bidon. C'est juste pour justifier notre présence sur les lieux du crash.

– Monsieur, pour un diplomate de haut rang, une nomination est une nomination. Bidon, connais pas. Pour moi vous êtes diplomates un point c'est tout. Bien, ne perdons pas d'avantage de temps. Allons boire un verre en l'honneur de votre arrivée et ensuite il faudra vous préparer. Mais franchement, si le fils de Bobar était sur ce vol et que je l'ignorais, c'est fâcheux, très fâcheux.

Chapitre 19

Nous survolons la zone de l'accident. Le reste de l'appareil s'étale sur une surface grande comme la moitié de l'Europe. Quelques personnes s'agitent sur le site, un campement militaire a été dressé près du lac. À peine posé, deux silhouettes se précipitent.

– Bonjour messieurs, soyez les bienvenus au Zimbarundi, Je suis monsieur Sali Patou responsable de l'équipe d'investigation et voici Madame Oukalé Lapikouz spécialiste des secours en zones sensibles. Notre président déplore cette catastrophe et vous prie de croire en son amitié fraternelle. Vous pouvez bien sûr travailler librement à la recherche des causes éventuelles sachant que nos spécialistes, sur place depuis plusieurs heures, ont déjà mis sous tente divers éléments qui peuvent vous intéresser. Venez suivez-moi nous allons faire les présentations.

Nous accompagnons notre interlocuteur jusqu'au campement. Je suis extrêmement surpris que monsieur Bobard nous gratifie de son amitié fraternelle. Ne serait-il pas encore au courant de la présence à bord de son fils et donc de sa disparition? Mine de rien, je pose la question.

– Combien de personnes étaient à bord ?

– Impossible à dire pour le moment. Mais vous-même, vous n'avez pas cette information ?

– Non ! L'appareil a décollé d'un point qui nous est encore inconnu. Si vous avez trouvé la boîte noire, nous devrions être fixés rapidement.

– Non, pas de boîte noire pour l'instant.

Nous parvenons au cantonnement. Une dizaine de guitounes avec pour chacune une lettre de l'alphabet, peinte en rouge sur fond blanc accrochée au-dessus de l'entrée. Nouvelles présentations, nouveaux serrages de pogne. Un grand gaillard qui semble être le responsable de l'équipe, nous invite à entrer sous une tente. Des débris sont déposés à même le sol. Dans un Français parfait il nous donne les premières indications.

– Vous avez ici les morceaux les plus conséquents de l'avion. Des éclats déchiquetés, des bouts de sièges au cuir calciné, et puis ce fragment d'empennage, plus précisément de gouverne de profondeur, qui prouve au moins qu'il s'agit d'un Mustang. Mais tenez, posez vos sacs à l'entrée, vous les récupérerez plus tard. Ils ne risquent rien.

– Est-il possible qu'un crash ait pu à lui seul

détruire l'appareil à ce point ?

– Nous avons le témoignage d'un individu qui surveillait son troupeau de chèvres lorsque la catastrophe est arrivée. Il dit que l'avion descendait rapidement, qu'il allait de toute évidence s'écraser lorsque quelques dizaines de mètres avant le sol il y a eu une grosse explosion et que des morceaux sont partis dans tous les sens.

– Il est possible de rencontrer cette personne ?

– Oui, bien sûr, Il est assis sur un tronc d'arbre mort au bord du lac. Par contre il faut que je vous accompagne, il ne parle pas un mot de Français. C'est un autochtone. Ils sont quelques centaines de familles éparpillées sur des kilomètres carrés. Aucune instruction, aucune étude, mais pour la majorité, des gens calmes, protecteurs de leur environnement, alors forcément, un événement pareil hein !

Le pauvre garçon, tout au plus une dizaine d'années, est encore sous le choc. S'il n'était pas noir, je dirais qu'il est d'une pâleur cadavérique. Il serre dans sa main gauche une carcasse de chèvre décapitée.

– Il refuse de la lâcher. Un morceau de ferraille a tranché la tête de l'animal, c'est vous dire s'il était proche du crash.

– Demandez-lui s'il a pu distinguer des gens dans l'appareil ?

En parlant de gens, je me demande où est passé Singa. Je réalise qu'il ne nous a pas suivi. Il aurait pu contrôler si le sens de mes questions étaient bien compris par le gamin qui regarde en l'air en agitant son bras droit comme s'il accompagnait la descente d'un objet, puis il redresse sa main d'un coup sec.

– Il taillait un morceau de bois, assis sur ce tronc d'arbre quand il a entendu un moteur. Il a vu l'avion commencer à descendre et puis brusquement plus rien. Le silence. Il s'est rendu compte que l'avion piquait plus qu'il n'atterrissait. Il a compris qu'il y avait un problème. C'est allé très vite. Il attendait le choc mais juste avant, il y a eu un grand boum, une grosse boule de feu, des morceaux sont partis dans tous les sens, certains sont tombés près de lui, sa chèvre a été tuée. Lui n'a rien eu.

– Combien de temps s'est-il écoulé avant que vous ne soyez prévenus de l'accident et que vous n'arriviez sur place ?

– Plusieurs heures forcément. Ici ils n'ont aucun moyen de communication. C'est un avion de surveillance contre le braconnage qui a survolé la zone et qui a donné l'alerte.

– Il s'est posé ?

– Bien sûr, pour tenter de porter secours à d'éventuels survivants. Puis constatant que plus rien ne pouvait être fait, il est reparti.

– Donc le site est resté tel quel plusieurs heures ?

– Oui, mais ça change quoi ? L'avion était en pièces et les occupants morts.

– Vous n'avez découvert aucun corps ? Il y avait forcément un pilote, même éparpillé parmi les débris, on doit bien découvrir un pied, un bras, une chaussure ?

– Les recherches continuent. Vous allez pouvoir y participer.

– Pardonnez mon insistance, mais demandez encore à ce jeune garçon, si les occupants de l'hélicoptère qui s'est posé n'ont pas ramassé quelque chose ? Combien de temps est-il resté ?

– Il ne sait pas. Après l'accident, il s'est enfuit. Il a eu peur et est retourné rejoindre sa famille. C'est à une vingtaine de minutes d'ici.

– Ok. Bon, c'est un témoin qu'il faut garder sous le coude.

Nous retournons vers le campement. Ce n'est pas normal qu'il n'y ait pas encore de trace des occupants de l'appareil. Je veux bien qu'il ait explosé avant de toucher le sol, mais il me semble peu probable que des corps déchiquetés voir carbonisés se soient dissous au point qu'il n'en reste absolument rien. Le mustang à la particularité de pouvoir n'être piloté que par une seule personne. Mais les restes de cette personne sont forcément disséminés parmi les débris. Au minimum, ils devraient retrouver les corps du pilote et de Ididé. Quelque chose ne colle pas. J'aperçois Singa en grande discussion avec un groupe de secouristes habillés en cosmonautes.

– Puisque nous sommes sur le camp, je vais vous montrer les tentes qui vous sont réservées pour vous reposer et passer la nuit. Pour les repas, vous pouvez vous présenter à partir de dix-huit heures sous le marabout portant la lettre F. Le G est équipé de douches pour l'hygiène corporelle et le H ce sont les toilettes. A, B et C sont réservés au dépôt des pièces de l'avion. D est sensé servir de morgue. Des caissons réfrigérés sont installés pour la circonstance. Celle-ci c'est l'infirmerie au cas où certains se blesseraient ou se sentiraient mal. Vous pouvez d'ailleurs voir une croix rouge au-dessus de la lettre E. I et J sont les dortoirs. Vous, vous êtes sous ces deux petites tentes individuelles un peu à l'écart. Je vais vous laisser vous installer. Pour aujourd'hui, je suppose que vous en avez assez fait. Le voyage, l'hélico. Je vous conseille de prendre vos marques. Si vous le souhaitez nous pourrons dîner ensemble vers dix-huit heures trente. Je vous laisse rejoindre votre compagnon sur le terrain.

Je le remercie et je rejoins Singa qui semble fort intéressé par les explications des membres du service d'investigations Zimbarundiens. Comme je suis du genre têtu, j'aimerai bien qu'il aille discrètement tenter d'arracher quelques infos supplémentaires auprès du jeune gardien de chèvres. Mon compagnon fait les présentations.

– Messieurs bonjour, enchanté de travailler avec vous. Toujours pas de boîte noire, toujours pas de trace de corps ? Veuillez nous excuser mais je dois m'entretenir avec mon collègue.

– Bon écoute. Dommage que tu ne m'ai pas accompagné tout à l'heure car nous avons pu rencontrer le jeune garçon témoin du crash. Je voudrais que tu ailles l'interroger à ton tour mais sans témoin. C'est pas que je n'ai pas confiance en Sali Patou, mais deux précautions valent mieux qu'une. La gosse a vu le zinc descendre, exploser avant de toucher le sol, une de ses bêtes a eu la tête tranchée, puis il se serait enfui précipitamment pour se réfugier chez lui.

– Oui, et bien ça me paraît assez normal ! t'imagines le choc émotionnel ? N'importe qui serait marqué.

– Je suis tout à fait d'accord, sauf que plus tard, on ne sait pas vraiment combien de temps après, c'est un hélico des gardes anti-braconniers, qui ayant repéré la zone par hasard ??? Admettons ! s'est posé sur place avant de donner l'alerte. Puis il est reparti.

– Et alors ?

– Et alors, la famille du gamin est installée à vingt minutes du lieu. Un pareil événement pour des gens qui vivent isolés de tout et pour qui il ne se passe pas grand-chose, n'a pas pu les laisser indifférents. Je mettrais ma tête à couper qu'ils sont venus dès que le gamin les a avertis. Peut-être même avant car ils ont forcément entendu l'explosion. Quelque chose me dit qu'ils ont vu l'hélico des gardes.

– Et tu penses qu'ils auraient des infos supplémentaires à livrer ?

– Je ne sais pas. Peut-être. Le gamin est au bord du lac. Il aura plus confiance en toi qu'en un blanc suspicieux. Ah, nous sommes conviés à partager le dîner avec Sali Patou à dix-huit heures trente. Pendant ce temps je vais porter nos affaires sous nos toiles de tentes. Si tu as réussi à obtenir quelque chose du môme, n'en parle pas à table.

Chapitre 20

Assis sur des bancs de bois, nous sommes une dizaine de personnes attablées sous le marabout. Deux longues tables pliantes permettent aux sauveteurs de venir se restaurer et prendre un peu de repos. Patou s'est approprié un bout de table en prenant soin de laisser une bonne marge entre nous et les autres. Assiettes, gobelets et couverts sont en plastique. Madame Oukalé Lapikouz s'est jointe à nous. Je boue d'impatience de savoir ce que Singa a pu apprendre de plus. Un clin d'œil discret m'a informé qu'il y avait du nouveau. Mine de rien je titille madame Lapikouz.

– *Vous qui êtes une spécialiste des secours de ce genre, vous trouvez normal qu'aucun corps ou débris de corps, passez-moi l'expression, n'ait encore été trouvé ?*

– *Oui ! Il s'agit d'un avion de taille modeste, si ça se trouve, il n'y avait que le pilote à bord. Après une pareille explosion suivie d'un crash, il est probable que le ou les malheureux aient été complètement déchiquetés. Nous cherchons des indices plus identifiables comme des vêtements, des chaussures, des bijoux. Vous imaginez la température au moment où ça pète.*

En parlant de température, un plat fumant est déposé sur la table, suivi de quatre bouteilles individuelles de jus de fruit. Sali Patou nous invite d'un geste de la main.

Messieurs les français, à vous l'honneur !

– Ah non, chez nous, en France, honneur aux dames.

Un peu surprise Oukalé Lapikouz. Pas habituée à passer la première apparemment. Je la sens gênée par rapport à son compatriote. Il y a un moment de flottement puis bon prince, Patou laisse courir. Chacun se sert, j'ose une question.

– C'est quoi ce sympathique plat ?

– Cricetomys Gambrinus. Ou si vous préférez, un ragoût de rats géants au piment rouge.

J'aurais pas dû ! Putain, qu'elle idée j'ai eu d'aller poser cette question stupide. Je me sentais si bien il y a quelques secondes encore. Va savoir pourquoi, j'ai le gosier qui vient de se rétracter. J'ai le tube digestif en RTT. L'estomac en congé. Je voudrais être plus vieux d'une heure. Bon ben, quand faut y aller faut y aller. Oh la vache, j'ai voulu attaquer par le piment, histoire de gagner du temps, je crois que j'ai une idée ce que les occupants de l'aéronef ont pu ressentir au moment de l'explosion. Sauf que pour eux ça n'a duré qu'une fraction de seconde. Bon ben moi, je n'irai pas plus loin.

– Désolé, c'est excellent, mais je ne me sens pas très bien depuis un moment. Ça ne passe pas. Je sais pas ce que j'ai...

C'est le contre coup devant le spectacle. Buvez, ça va s'arranger, qu'elle me dit.

– C'est du jus de fruits ?

– Oui. Du bissap, du jus d'oseille de Guinée.

Bon, je crois que pour ce soir je vais en rester là. Pour ce genre de dîner gastronomique Zimbarundien, il faut un temps d'adaptation. Et du temps j'en ai pas. J'en reviens à l'essentiel.

– Quand même, je n'arrive pas à admettre que les occupants aient pu être dispersés à ce point.

– Je viens de vous le dire, c'est possible. Tenez, une fois, une pirogue de la compagnie Afrika Tourista, a coulé sur le fleuve Olabélo, Il y avait plus de cent passagers à bord et bien lorsque nous sommes arrivés sur les lieux du drame, nous n'avons retrouvé aucun corps. Pourtant, elle n'avait pas explosé elle hein ? Bon faut dire qu'à l'endroit précis du drame, il y a un élevage intensif de piranhas, il peut y avoir un lien.

Tenez, une autre fois par contre, lors d'un attentat

terroriste, une voiture piégée a été abandonnée devant l'hôtel Salopé-Palaliteri. Et bien sur l'ensemble des victimes de l'explosion, aucune n'avait fait partie des passagers du véhicule. C'est vous dire si tout est possible. Nous allons reprendre les recherches dès demain. Je vais quant à moi aller dormir. Messieurs je vous souhaite une bonne nuit. Ah, très important, un bon conseil, si vous voulez passer une bonne nuit, n'oubliez pas la moustiquaire individuelle déposée dans vos tentes. Nous sommes en zone humide à cause de l'eau stagnante du lac. Les moustiques pullulent attirés par les effluves des corps humains. Si toutefois malgré vos précautions l'un d'eux parvient à s'infiltrer sous la moustiquaire, inutile de chercher à l'écraser. Ils sont d'une rapidité incroyable. Non, le mieux est de vous couvrir tout le corps de bouse de vaches. Ils ont horreur de l'odeur. Il y en a un plein camion amenée spécialement par l'armée.

– Bien, le moment est venu de prendre congé de Sali Patou. Nous nous éloignons en direction de nos toiles de tente. Nous récupérons nos sacs au passage.

– Alors, tu as pu retrouver le gamin et lui parler ?

– Oh oui ! Et crois-moi, nous n'avons plus rien à faire ici.

– Comment ça ?

– Figure-toi que le gosse, choqué par ce qui venait d'arriver, est resté comme pétrifié sur place. Il était encore là quand l'hélico des gardes chasse est arrivé. Mais ce qu'il a caché à toi comme aux autres c'est que juste avant que l'avion n'entame sa descente, il a vu un champignon tomber du ciel.

– Un champignon ? Je suppose qu'il parlait d'un parachute ?

– Évidemment. Il n'avait certainement jamais vu de parachutiste depuis sa naissance. Ici, pas de télé, pas de radio, pas d'internet.

– Donc, le pilote savait que son appareil allait se casser la gueule. C'est même sûrement lui qui a actionné le dispositif du crash. C'est la raison qui fait qu'il n'y a pas de trace du pilote dans les décombres. Reste le cas Ididé. Et si encore une fois, Bokaka Kabossé s'était payé notre tête ? Il nous monte un bateau, disant que Ididé junior a fui la France par un vol indéterminé, mais qu'il n'arrivera jamais à Bézanville car l'appareil a été saboté. Il confirme qu'il est parti avec la tête de nœud dans une boîte de protection métallique, laquelle boîte est sensée être indestructible et relativement facile à retrouver parmi les débris. Sauf que cette boîte n'a jamais existée Un plan machiavélique pour nous éloigner durant plusieurs jours car il savait que nous irions sur place tenter de récupérer la sculpture. Reste aussi la possibilité que les occupants de l'hélico, aient

pris le temps de chercher deux choses primordiales. La boîte contenant la statuette et bien sûr la boîte noire. Le gosse a bien dû voir s'ils avaient ramassé quelque chose ?

– Précisément. Ils sont restés plus d'une heure, le gamin et des membres de sa famille les ont observés de loin. L'un des gardes est retourné vers l'hélico avec une chose rouge dans les mains. Or les boîtes noires comme chacun sait sont rouges ou oranges.

– Ce qui démontre la complicité des gardes. Il ne fallait pas que les causes de l'accident soient identifiables. Il y a fort à parier que cet hélico ait récupéré le parachutiste avant de venir se poser sur la zone. Mais comment tu as pu obtenir tous ces détails de la bouche du môme ?

– Je lui ai promis, s'il disait la vérité de lui acheter une centaine de chèvres, ce qui ferait de sa famille, la plus riche du secteur.

– Tu lui as promis des chèvres ?

– Oui car figure-toi que les gardes chasse, lorsqu'ils ont constaté la présence des autochtones, leur ont demandé de quitter les lieux en leur précisant que s'ils racontaient quoi que ce soit, ils seraient abattus, mais qu'en revanche, s'ils déclaraient n'avoir rien vu, ils recevraient cinquante chèvres. J'ai donc doublé l'offre en précisant que personne ne viendrait les tuer car

nous allions mettre les gardes en prison pour avoir volé du matériel sur la zone du crash. Tu imagines l'importance que j'ai pu prendre aux yeux de ce pauvre môme en lui disant ça ? Un gugus qui a le pouvoir de foutre des gardes nationaux en prison !

Bon, voilà *ce que je te propose. Dans le doute, puisque nous ne faisons que spéculer sur des éventualités, nous allons prendre la journée de demain pour effectuer les recherches qui nous intéressent. On ne sait jamais. Il reste toujours la possibilité que Ididé ait bien été à bord et que la boîte contenant le nœud sculpté soit encore quelque part dans les débris. Si nous ne trouvons rien, nous repartirons pour Bézanville. Mais si c'est le cas, ce salopard de Kabossé nous auras bien manipulés. Je vais finir par regretter de t'avoir demandé de retirer les balles du chargeur. Ce soir, je lui collerais bien volontiers un pruneau dans les valseuses.*

Nous parvenons à notre campement perso. Plus sommaire, tu peux pas. Deux tentes canadiennes kaki, un lit de camp militaire, pas de tapis de sol, l'herbe de la savane en guise de moquette et pliées sur le lit de camps, une couverture et une moustiquaire. Deux crochets fixés au-dessus de l'entrée et à l'arrière servent certainement à accrocher la moustiquaire.

Bon ben tout ça c'est très bien mais moi je n'ai pas sommeil. Il n'est que dix-neuf heures trente. Un peu tôt pour moi, même si un crépuscule rougeoyant colore le ciel. (C'est beau ça non ?) J'ai le regard attiré par une autre lueur. Celle-ci est chargée de flammèches qui s'élèvent au-dessus des marabouts militaires. J'en déduis que l'équipe de recherches vient d'allumer un feu. Singa a la même idée que moi.

– T'as sommeil toi ?

– Pas du tout !

– On y va ?

Nous nous dirigeons vers le feu de camp. Ils sont une bonne quinzaine, tranquillement installés directement sur le sol ou sur des morceaux de bois autour du foyer incandescent. Notre arrivée n'a pas l'air de les déranger. Certains fument, d'autres boivent. Ils nous désignent un tronc d'arbre occupé par trois personnes. Il reste encore assez de place pour nous deux. Le temps d'y poser notre derche, un gaillard souriant nous apporte deux gobelets. C'est quoi cette fois, de l'alcool de doryphores ? Non, c'est juste du thé. Ouf, un peu de détente dans une enquête où je ne maîtrise rien.

Chapitre 21

Comme il fallait s'y attendre, nous rentrons bredouilles sur Bézanville. Pas la moindre trace de Ididé, du pilote ou d'une boîte métallique. Une mascarade qui n'avait pas d'autre but que nous éloigner de Paris pour quelques jours. Bien joué m'sieur Kabossé, mais la partie n'est pas terminée.

– Je ne pensais pas vous revoir si vite messieurs.

– Eh bien, monsieur l'ambassadeur, je suppose que vous êtes au courant du résultat des recherches ?

– Oui, comme tout le monde. Par la presse locale et les rapports officiels du gouvernement Zimbarundien. Le corps du pilote totalement pulvérisé et la boîte noire toujours pas retrouvée. Mais ne restons pas debout, ces fauteuils de jardin sont particulièrement confortables. Ah ! Paris me harcelle d'appels et de messages. Je dois vous presser de prendre contact avec le ministre dès votre retour à Bézanville.

– Je vais le faire, mais ils en savent autant que vous ou que nous qui revenons de la zone du crash. Il ne sert plus à rien de rester ici. Vous seriez bien aimable si vous pouviez préparer notre départ pour la France au plus tôt.

– Bien sûr, cependant j'ai une invitation à vous transmettre.

– Une invitation ?

– Oui. Monsieur Ididé Bobar invite les membres éminents de l'ambassade de France à participer à un safari de deux jours au sud du pays, dans la réserve de Chassa Kour sur le territoire des Bâdu-Khu. Une tribu de petits hommes dont les origines remontent à l'aube de l'humanité selon les anthropologues. Notre ami Ralaplouse pourrait être porteur de certains de leurs gènes. Ce sont de terribles chasseurs tout en étant de grands protecteurs de la nature et leurs sorciers ont la réputation d'être détenteurs de très grands pouvoirs. Vous m'obligeriez beaucoup en acceptant vis-à-vis du président Bobar.

– Pourquoi, il est au courant de notre présence à l'ambassade ?

– Bien sûr. J'ai personnellement averti la présidence de votre venue relative à l'accident d'un avion Français sur le territoire Zimbarundien. C'était une obligation pour vous permettre d'accéder librement sur la zone.

– Et c'est pour quand ce safari ?

– Demain. Nous décollerons à huit heures pour atterrir à Kaféolé à neuf heures. Une voiture nous emmènera ensuite à l'hôtel de la plage où aura lieu le rassemblement et le départ pour la chasse, prévu pour dix heure trente.

– L'hôtel de la plage ? Mais la mer est à des milliers de kilomètres du Zimbarundi !

– Oui mais le propriétaire aime beaucoup ce nom et puis ça fait bien sur les dépliants touristiques.

– Bien, nous n'allons pas faire faux bond à monsieur le président, n'est-ce pas Singa ?

– Bien sûr que non, et puis ça nous changera les idées. Un peu ras le bol de la course à la tête de nœud.

– La tête de nœud ? Mais de qui parlez-vous messieurs ?

– Ah, parce que vous ignorez ce qui nous a conduits ici au Zimbarundi monsieur l'ambassadeur ?

– Mais je croyais que c'était pour enquêter sur le crash, en connaître les causes, trouver la boîte noire et le corps de Ididé Junior dont déjà, j'ignorais la présence à bord.

– C'est bien d'être ambassadeur a Bézanville

finalement. Vous n'êtes pas emmerdé par les carabistouilles parisiennes apparemment. Alors écoutez moi bien car j'en ai par-dessus la tête des cachotteries gouvernementales. Désolé Singa, mais je décide à l'instant précis de mettre monsieur l'ambassadeur au parfum.

– Perso, ça ne me pose aucun problème. J'en ai ras le bol aussi des cachotteries.

– Alors voilà !

Et je cafarde tout à notre hôte. De mon tout premier contact avec l'Élysée jusqu'à l'instant précis, sans omettre les événements de Saint Frusquin et le braquage de Bokaka Kabossé. Il est un peu sur le cul le monsieur. Comment la diplomatie Française a-t-elle pu le laisser sur la touche alors qu'il représente la France au Zimbarundi ? Je crois qu'il commence à réaliser que finalement, il a été placé sur une voie de garage.

– Voilà cher monsieur. Vous savez tout. Mais bien sûr, comme on dit dans les milieux faux culs et compagnie, nous ne vous avons rien dit. Vous avez appris tout ça par le téléphone arabe ou plutôt le tam-tam africain.

– Comptez sur mon silence. Je vais continuer à faire comme si je n'étais au courant de rien. Quand même quand j'y pense, le fils du président Bobar derrière cette étonnante affaire d'espionnage. Un individu si insignifiant.

Finalement, il est plus malléable que de la pâte à modeler. Il prend la forme que chacun lui donne. Son père, l'envoie en France avec la mission d'espionner et de transmettre ce qui se dit à la présidence tout en étant à la solde de la secte LéZéLu qui cherche à dénoncer les magouilles personnelles de Papa. Secte qui ne tente rien d'autre que s'emparer du pouvoir si un jour, ce qui me paraît aussi improbable que de grimper sur la lune avec une échelle, l'unification de l'Afrique devenait réalité. Quel beau panier de crabes. Et ce Bokaka Kabossé qui vous dénonce Taka Bossé, le ministre du temps libre, alors qu'ils sont sensés travailler au même projet. Vous voulez mon avis ?

– Heu ! Ben oui, si vous en avez un ?

– Et bien je ne serai pas surpris que Kabossé manipule Ididé Junior avec l'espoir que ce dernier lui file volontairement ou non, un petit coup de pouce pour virer papa Bobar et s'installer à la tête du Zimbarundi en attendant mieux.

– Oh, mais, vous savez que c'est loin d'être con ce que vous venez de suggérer ? Imaginons que tous ces pignoufs de la secte lui obéissent, il est assez tordu pour les manipuler afin qu'ils le propulsent sur le siège de président du Zimbarundi, voir plus haut si l'utopie des adhérents finissait par se réaliser.

– Oui, mais tout ça messieurs, ce ne sont que des

suppositions et il reste deux conditions majeures, c'est que déjà Kabossé mette la main sur le disque dur contenu dans la sculpture, mais ensuite, que le pseudo disque dur contienne les preuves de l'intention de Bobar, de vendre l'exploitation du sous-sol de son pays à la France contre un avenir personnel radieux et opulent. Il se peut très bien que les puces expédiées ou non, ne contiennent que des images et des propos sans le moindre intérêt. Rien ne dit que vous ne pourchassiez pas une boîte vide. Vous n'avez qu'une seule certitude. C'est qu'une technicienne de surface a surpris Ididé alors qu'il manipulait votre tête de nœud, que la malheureuse en est morte et que Ididé a disparu avec l'objet. Avouez que tout ça, c'est pas grand-chose hein ?

Voilà que d'un coup, je sais pas pourquoi, il m'énerve l'ambassadeur. Il vient de ramener mon enquête au point de départ. Tu parles d'un rabat joie. Le pire c'est qu'il a raison ce con là. Et ça, ça m'énerve encore plus !

Chapitre 22

J'en connais trois qui doivent tirer une drôle de gueule à Paname. Louis Thibault de La Panosse, ministre des affaires louches, Charles Estonne, sous-secrétaire d'état et Elsa Hymer, chargée de mission. Nous savoir tranquillos à participer pour deux jours à un safari en compagnie du président Ididé Bobar, alors que le fils de ce dernier est recherché par la France pour espionnage à l'Élysée, t'avoueras qu'ils ont de quoi avoir les glandes.

Surtout que j'ai dû leur avouer le fiasco du crash aérien. Pas de bonhomme, pas de statuette, pas de boîte noire. Je ne donne pas cher de la couenne de Bokaka Kabossé s'il met le nez en dehors de son ambassade. Il risque fort de croiser un « irresponsable » comme on dit, pour lui faire sa fête. Quelque chose me dit que finalement, avec le recul, mon ministre doit regretter que je n'ais pas flingué l'ambassadeur dans un excès de zèle.

Ce qui bien entendu n'aurait rien arrangé du tout. J'ai sérieusement dû baisser dans les sondages à Paris. D'un autre côté, un safari aux côtés d'un chef d'état fût-il un enfoiré de première, ça ne se refuse pas. Nous sommes tous là, sur le parking de l'hôtel, enfin non pas tous, Ididé Bobar se fait attendre. Pour l'instant je dénombre une vingtaine de participants. Dix véhicules spéciaux safari plus quatre camions bâchés sont en attente. Qu'est-ce qu'ils peuvent bien transporter ? Un copieux petit déj nous est servi sur des tables rondes sans sièges autour, ce qui nous invite à nous servir et becter debout. Ce cher Ralaplouse qui est de la fête, a le menton à hauteur des assiettes. Dommage qu'il n'ait pas la langue d'un caméléon, il n'aurait même pas besoin de ses mains. Monsieur Louis Daure nous traîne à ses grolles qui sont les sœurs jumelles des nôtres, gracieusement prêtées par l'ambassade et nous présente à cette cour Bobarienne vêtue et armée comme les envahisseurs extra-terrestres des films de science-fiction. Ça va leur péter au cul aux bestioles. Je voudrais pas être un lapin de garenne aujourd'hui. Même ces dames ont adopté un air de circonstance. Ça va chier dans la savane. Ah, à l'agitation soudaine, j'en déduis que monsieur le président arrive.

En effet deux véhicules noirs escortés de quatre motards s'engagent sur le parking. Le passager avant de la seconde, descend et s'empresse d'ouvrir la portière arrière. J'aperçois en premier une guibolle en treillis et rangers, puis sa majesté Ididé Bobar premier, se redresse. Alors voilà l'homme qui fait autant parler les services diplomatiques Français. Voilà celui dont la progéniture m'a propulsé au Zimbarundi.

Comment te dire ? Sans être le colosse de rhode,

il y en a un morceau du président. Pas de la graisse, non, non, pas vraiment du muscle non plus, non, de la bidoche quoi. Un beau morceau de bidoche. Un faciès aussi avenant qu'un CRS qui charge une manif, une peau noire comme un corbac, le blanc des yeux à peine plus clair, une coupe de tifs militaire, une badine taillée dans un bois exotique régional, je te dis ça au pif, parce-que je ne sais pas du tout dans quoi elle a pu être taillée et je m'en tamponne, bref une tronche de dirigeant qu'il vaut mieux ne pas contrarier. Comme ce n'est pas mon intention, je suis peinard. C'est lui qui avance vers ses invités, personne ne bouge. C'est parti pour les courbettes et le serrage de louches. Les dames s'inclinent légèrement, les hommes baissent juste un peu la tête. Notre tour arrive. Notre ambassadeur lui décline nos blases et nos fonctions. Ididé ne me lâche plus la pogne.

– *Alors c'est vous qui êtes chargé d'éclaircir les causes de l'accident d'avion ? J'aime beaucoup la France, avez-vous progressé dans vos investigations ? Ce n'est pas vraiment le travail d'un secrétaire d'état ça.*

– *C'est-à-dire monsieur le président que l'enquêteur c'est mon compagnon ici présent, je ne fais que l'accompagner.*

– *Ainsi, monsieur Singa Poor, vous voilà dans les services de sécurité français. Je me souviens bien de vous lors de votre séjour à l'ambassade de France de Bézanville. J'ai une excellente mémoire. Ça fait combien, une vingtaine d'années ? J'étais coursier, j'apportais du courrier à l'ambassade et au consulat de France. Le bon temps.*

– Votre sollicitude m'honore monsieur le président. Je n'étais qu'un modeste chauffeur.

– J'ai beaucoup de mémoire c'est tout. Dites messieurs, ce soir au bivouac, j'aimerais que nous partagions le dîner ensemble. Nous parlerons de la France. Mon fils est là-bas depuis quelques mois. Vous avez dû le rencontrer ? Nous en reparlerons ce soir. Je vous souhaite un bon safari.

Ididé Bobar se dirige vers une des tables, se sert un caoua, chope un croissant, puis se mêle à ses invités qui seulement maintenant se détendent. Les occupants de la première voiture descendent à leur tour. Ils devaient attendre que leur patron ait fini de jouer à Louis XIV.

– C'est la garde rapprochée, me susurre Louis Daure. Lui là, celui qui parle au chauffeur, c'est Taka Bossé, le ministre du temps libre. Celui qui serait d'après vos infos, le lien entre le Zimbarundi et les différentes filiales, appelons ça comme ça, de la secte.

Ainsi j'ai le privilège de mettre un visage sur les différents protagonistes de mon enquête. Remarque bien que j'aurais aussi pu faire, en passant par les réseaux sociaux, mais là, ils sont bien vivants devant moi. Muni d'un mégaphone, un des organisateurs du safari nous invite à gagner les véhicules. Nos noms sont placardés sur les pare-brise en haut à gauche. Ah ben non, pour nous, aucun blase, juste une étiquette Ambassade de France, rivière Olabélo. Ce qui laisse entendre que les Land Rover ne partent pas tous vers le même lieu de chasse. Je pose la question à Louis Daure.

– Oui, les participants sont répartis dans les véhicules qui se rendent deux par deux sur des zones différentes. Tout le monde se retrouve le soir au bivouac. C'est Bobar qui a instauré ça. Il trouve ridicule de voir une armada de dix ou quinze 4x4 poursuivre un animal. Parallèlement, c'est aussi un prétexte pour espérer un Big Five. Si vous préférer tenter de ramener cinq mammifères Africains. Le lion, le léopard, l'éléphant, le rhino et le buffle. Chaque chauffeur fait en réalité partie du ministère de la cause animale et de la protection des parcs.

Et chacun est spécialisé dans une chasse particulière. Pour nous ce sera l'antilope cheval et la gazelle.

– L'antilope cheval ? Pourquoi pas le lion cochon d'inde ? À quoi on la reconnaît, elle porte une selle ?

– Ce n'est pas une blague. On l'appelle comme ça à cause de son pelage qui va du roux au grisâtre et elle porte une crinière. Mais vous verrez tout ça

quand le moment sera venu.

C'est parti, nos armes ont été déposées à l'arrière de Land. Nous sommes équipés de 375 magnums neuf millimètres. Notre chauffeur est en communication radio avec les autres. Les quatre camions bâchés nous filent le train. Nous n'avons pas fait trois bornes que la route goudronnée fait place à la piste. Nous roulons ainsi une bonne heure avant que la colonne ne se sépare. Nous ne sommes plus que deux véhicules. Les villages de torchis se font de plus en plus rares. Le soleil chauffe une région assez verdoyante. Depuis notre départ, les seuls animaux que nous ayons aperçus, sont les maigres troupeaux des habitants du secteur. Il est midi passé. Notre chauffeur quitte la piste principale et s'engage sur un chemin pierreux. Moins de dix minutes plus tard nous apercevons une construction en dur surmontée d'un panneau. Safari club de Chassa Kour. Nos deux véhicules viennent stationner devant le bâtiment. À moins de deux cents mètres coule un fleuve. Probablement l'Olabélo.

– Voilà, nous déclare Louis Daure. Nous allons pouvoir nous restaurer et nous reposer jusqu'à seize heures. Ensuite nous repartirons pour la zone de chasse proprement dite.

– A seize heures ? Mais c'est quoi ce safari ?

– Nous devons éviter les fortes chaleurs. La chasse se pratique soit tôt le matin soit en fin de journée, quand le soleil est plus supportable. Un

bon repas, une bonne sieste et c'est parti.

Les passagers du second Land Rover nous rejoignent. Ils sont deux. Monsieur et madame. C'est monsieur qui se présente.

– Taviré Takuti, ministre de la santé et mon épouse Tâhu. Enchantés de participer à ce safari en votre présence. Nous connaissons bien votre ambassadeur, monsieur Louis Daure ici présent. Comment allez-vous monsieur l'ambassadeur ?

– Parfaitement bien monsieur le ministre. Dans le cas contraire je serais entre de bonnes mains je crois.

– Pensez-vous, c'est chez nous comme chez vous. L'année passée j'étais ministre du développement industriel provisoire. Mais entrons au frais, nous y serons mieux pour discuter.

Sympa le safari club. Construction très locale extérieurement mais ultra moderne à l'intérieur. Depuis le vaste espace accueil, nous apercevons la salle de restaurant. La clim tourne à fond. Il fait presque frais. Dehors sur l'arrière, je distingue une série de bungalow individuels. Le responsable du lieu nous invite à prendre place à la table qui nous conviendra le mieux. Étant les seuls clients, nous n'avons que l'embarras du choix. Je questionne Louis Daure.

– Il y a beaucoup d'endroits comme celui-là dans

la région ?

– Cinq. C'est Ididé Bobar qui a exigé ces implantations hôtelières sur la zone frontière avec le territoire des Bâdu-Khu. Ce qui lui permet de faire ce que nous faisons maintenant. Se détendre, bouffer, dormir une ou deux heures, avant d'aller massacrer quelques bestioles avec ses invités. Le reste du temps c'est occupé par des touristes en mal de sensations fortes.

Nous prenons place sur une grande table ronde. Pour nous cinq c'est parfait. Les chauffeurs mangent à part. J'espère que la carte me permettra d'échapper à je ne sais quel ragoût de mygales à tête de vers à bois. Oh putain, je crains le pire. Pas de carte en vue. Les assiettes arrivent déjà remplies. Chacun la sienne, c'est déjà ça, je craignais de devoir becter avec les doigts directement dans le plat mais non, une charmante personne nous distribue les couverts adéquats. Les verres sont déjà sur la table. Le serveur nous rencarde.

– Monsieur le ministre, madame, messieurs, agneau avec tomates et sauce au curry. Et pour le vin, nous avons un hautes côtes du Zimbarundi, cépage merlot, récolté sur le plateau des mille gnous. Il est élevé et mis en bouteilles chez Pikôlo.

Ouf ! De l'agneau et du pinard. J'me sent comme cheu nous crévindiou ! Je n'attends pas qu'un autre le fasse, je lève mon verre.

– Madame, messieurs, à la santé de monsieur Ididé Bobar qui a eu l'aimable courtoisie de nous inviter pour participer à ce safari, moi et mon ami Singa. Qu'il en soit vivement remercié.

Plus faux cul, hein ? Ça me paraît difficile. Chacun porte son toast et nous pouvons attaquer. Je remets une dose de léchouilles au ministre en lui affirmant que son pays est magnifique, qu'il y fait bon vivre, que la nourriture est à tomber sur le cul, ce qui est vrai, qu'il est un modèle de développement, etc. etc…Puis je le branche perso sur son cheminement politique.

– Mais dites-moi cher monsieur, j'ai cru comprendre que vous occupiez le poste de ministre de la santé sans pour autant être du milieu médical, ça doit quand même poser quelques problèmes pour prendre certaines décisions ?

– Pas du tout, pas plus que lorsque j'étais ministre du développement industriel provisoire. Je n'avais jamais vu une machine-outil.

– Pourquoi provisoire ?

– Parce-que ça foire toujours. Pas un seul projet industriel n'aboutit. Tenez un exemple. J'avais envisagé de nous lancer dans l'industrie automobile. Fabriquer et exporter nos propres véhicules, ici sur place au Zimbarundi. Nous avions même décidé pour faire sérieux de donner à la marque un nom à consonnance japonaise

Subarundaï. L'idée était de racheter les vieilles chaînes de montage des automobiles Simca à Poissy ainsi que le brevet de la Simca 1000. Deux ou trois modifications pour dire de ne pas faire du copier-coller et le tour était joué. Je vous passe les détails, on se met d'accord, nous construisons les hangars, le matos arrive, avec un stock de pièces détachées offert gracieusement, et quelques mois plus tard, nous sommes prêts. Les postes à responsabilité sont distribués, un copain d'école qui était balèze pour réparer nos vieux vélos avec juste du fil de fer et une pince multiprise est nommé PDG. Le recrutement du personnel est terminé, bref le jour de l'inauguration arrive. Les festivités sont prévues pour onze heures, les personnalités commencent à arriver, le public aussi, il ne restait qu'une soudure à effectuer pour fixer la porte blindée anti feu qui protégerait le dépôt d'essence des voleurs et autres malfaisants. A dix heures treize tout saute. Plus d'usine. Rasée. Cet abruti voulant fignoler sa soudure pose le bec à côté de lui sans l'éteindre, sauf qu'il se trouvait du mauvais côté de la porte. Vous devinez la suite. Alors après un coup pareil, j'ai donné ma démission, le gouvernement a supprimé ce ministère. C'est ce jour-là qu'est né le ministère du temps libre dirigé par Taka Bossé. Moi j'ai été nommé à la santé suite au décès de mon prédécesseur lors de l'explosion. Forcément hein, côté santé, il était mal barré ah, ah, ah !!!

Bien, maintenant si vous me le permettez je vais

aller faire un brin de sieste côté jardin. Je vous suggère de faire pareil, il faudra être en forme tout à l'heure pour la chasse.

Oui ben moi, la sieste c'est pas mon truc. La vie est suffisamment courte sans que je la raccourcisse encore. C'est vrai ça, roupiller c'est mourir quelques heures. T'es absent, dans le coltar, aux abonnés absents. Tiens-toi par exemple, très cher lecteur, si tu vis quatre-vingts piges, soit approximativement Vingt-neuf mille deux cents jours, en dormant sept heures par nuit, plus une heure de sieste, ça te fait huit heures d'absence par jour. Tu auras dormi un tiers de tout ce temps, soit près de vingt-sept ans d'inconscience. Vingt-sept ans de comas. Tu n'auras en réalité vécu que cinquante-trois ans. Finalement la majorité des humains crève vers cinquante-trois ans ! T'as encore envie d'aller te pieuter après ce calcul ? Aller, à tout à l'heure pour la chasse. Moi je vais vers le fleuve voir passer le temps. Ah ben tient, puisqu'on parle du temps et que je suis lancé dans la haute philosophie, faut que j'attire ton attention sur un truc qui me turlupine. Moi je dis que le temps n'est divisé qu'en deux parties. Le passé et le futur. Pour moi le présent n'existe pas. Par exemple là en ce moment, je marche vers le fleuve, donc chaque pas à venir est dans le futur et chaque pas effectué appartient au passé. Le prochain mot que tu vas lire est dans le futur, tu l'as lu, il est dans le passé. Gamberge un peu la dessus, ça te passera le temps.

Chapitre 23

Nous sommes repartis depuis une vingtaine de minutes. Cette fois chacun est en possession de son arme. Perso, je n'ai pas l'intention de m'en servir. Buter la faune Africaine, c'est pas mon truc. Je laisse la nature s'équilibrer toute seule. Les forts bouffent les faibles, c'est exactement comme pour la race humaine. Faut faire avec. De vagues sommets se dessinent au loin dans la brume de chaleur. La poussière soulevée par les roues nous épargne pour mieux, grâce à un léger vent, se rabattre sur le Land Rover du ministre qui nous suit. Louis Daure, scrute l'horizon, les yeux collés sur ses jumelles. Enfin, pas les siennes, celles qu'il portait dans un étui autour de son cou depuis que nous avons quitté le club. Je pense que tu as compris…. ? et fait la différence.

Doit être un peu bigleux, car c'est notre chauffeur qui ralenti et nous désigne d'un bras tendu, un point précis du décor. Effectivement, des formes encore imprécises semblent se mouvoir lentement à plusieurs centaines de mètres. Les deux véhicules stoppent immédiatement. Le chauffeur s'empare également d’une paire de jumelles et les pointent vers le secteur.

– Ce sont des antilopes. Tiens, c’est quoi ça ? Non mais je n'y crois pas, il y a un cocu parmi nous, c’est un Océdar à franges que j’aperçois. Une espèce que l'on croyait éteinte depuis longtemps. Oh mais attendez, j'en aperçois deux autres qui s'approchent des antilopes. C'est un peu de la même espèce, ce sont des herbivores, mais ils sont beaucoup plus petits.

– Des Océdars à frange ? Connais pas. Si comme vous dites il s’agit d’une espèce disparue, il serait peut-être judicieux d'éviter de les tuer non ?

– C'est sûr, par contre j'aimerais bien en attraper un pour être absolument certain qu'il n'y a pas d'erreur.

– Mais qu'est-ce qu'ils ont de spécial vos Océdars à frange ?

– Mais la frange précisément. Nos ancêtres s'en servaient pour nettoyer leurs cases, retirer les fils d'araignée, chasser la poussière.

– Eh bien qu'est-ce que vous avez ? demande Taviré Takuti qui nous rejoint.

– Une chose inconcevable monsieur le ministre. Trois Océdars à frange.

– Mais c'est impossible, cette race a disparu depuis des décennies, même mes grands-parents

n'en avaient jamais vu.

– Et pourtant, je vous assure que j'en ai trois dans les jumelles.

– Montrez-moi ça !

Le ministre retire d'autorité les jumelles des mains du garde et les porte à ses yeux.

– Non d'un petit blanc sec, mais vous avez raison. Au diable la chasse aux gazelles ou je ne sais quoi. C'est que ça change la donne du safari une découverte comme celle-là. Ça va sérieusement faire monter les enchères. Imaginez combien les candidats aux trophées de chasse vont être prêts à payer pour ramener la peau de cet animal à la maison. Ce n'est pas le moment de faire du bruit nous allons continuer à pied. Suivons la piste jusqu'aux hautes herbes en prenant soin de rester contre le vent. Si elles nous sentent c'est râpé. J'imagine la tête de Ididé Bobar si nous parvenons au bivouac avec un exemplaire vivant de cette espèce.

– Veuillez m'excuser monsieur le ministre lui répond notre garde, mais attraper un de ces animaux vivants, équipés comme nous le sommes, c'est aussi impossible que de ramener un éléphant sur notre dos. Vous savez à quelle vitesse ça déboule ? Soixante kilomètres heure. La seule solution c'est de le blesser en lui tirant dans les pattes. Je vous demande de nous laisser faire moi

et mon collègue. Il est vraiment dommage que nous n'ayons pas de seringue hypodermique, le problème ne.se serait pas posé. À partir de maintenant personne ne parle, personne ne tousse, silence total

Nous progressons sur plus de trois cents mètres. Le garde nous stop à l'abri d'un bosquet d'arbres. Il chuchote pour nous demander de nous répartir en arc de cercle en profitant du camouflage naturel des herbes hautes. Le vent nous est toujours favorable. J'ai l'impression de jouer aux cow-boys et aux indiens. J'avance en prenant appui sur ma main gauche, le fusil dans la droite. Cette progression à quatre pattes n'en finit pas. Je ne vais pas tarder à avoir des crampes. Je relève légèrement la tête, il reste encore une cinquantaine de mètres d'herbes hautes. Après nous serons visibles. Je distingue parfaitement le petit groupe animal. Rien ne semble l'inquiéter pour le moment. Il me serait très facile de mettre en joue une des antilopes et pan. Mais il faut obéir aux ordres des gardes-chasse. D'ailleurs, ils entrent en action. Un coup de feu résonne sur la savane. Ça détale avec la rapidité de l'éclair. Et pan, et pan, ça défouraille. Deux antilopes basculent la tête la première. Je me relève. Perso, je n'ai pas tiré. Tout le monde est debout.

Nous avançons vers les bêtes abattues. Des cris perçants s'élèvent, des cris humains. L'Ocêdar blessé par le garde, se tord de douleur en gueulant. Mais c'est quoi ce binz ? Putain mais c'est un humain ? Nous approchons, lorsque je ressens un choc sur mon flingue, une fléchette s'est fichée sur la crosse. S'en est fallu de peu. Nos gardes flinguent à tout va. Ils tirent au jugé sur les hautes herbes. Ça détalle là-dedans comme si une meute de Garenne s'enfuyait. Des chasseurs Bâdu-Khu étaient à l'affût tandis que trois d'entre eux tentaient une approche des antilopes, déguisés en Ocêdars.

Le blessé a pris une balle dans la cuisse. Il est recouvert d'une peau de gazelle, avec la tête de l'animal posée sur la sienne. Ce que notre garde avait pris pour les franges n'était qu'un paquet d'herbes sèches tressé et posé par-dessus. Pour faire court, un Bâdu-Khu en tenue de camouflage. Heureusement les deux autres n'ont pas été blessés, ils ont détalé vers la protection des hautes herbes, d'où ils ont commencé à nous canarder à coups de sarbacane. Apparemment chez nous, pas de bobo. Je te dis pas la gueule des gardes comme celles du ministre et de son épouse. Bonjour la bavure. Le ministre n'en revient pas.

– *C'est quoi ce bordel ? Comment avez-vous pu confondre des chasseurs Bâdu-Khu avec des Ocêdars ?*

– *Mais monsieur le ministre, vous les avez vu comme moi dans les jumelles.*

– *Je n'ai rien vu du tout. Je tenais les jumelles à l'envers. Tout était très lointain. Je me suis fié à vos compétences professionnelles. Je vous ai fait confiance. J'ai été trompé par votre incompétence.*

– Monsieur le ministre, c'est de sa faute, déguisé comme ça, de loin, il y avait de quoi confondre. On fait quoi maintenant ?

– Il faut aller chercher les voitures on ne peut pas le laisser perdre son sang, même si je n'en accepterais pas une goutte en cas de transfusion. Faites-lui un garrot. Que l'un de vous le transporte à l'hôpital de Kaféolé.

– Il n'y a pas d'hôpital à Kaféolé monsieur le ministre.

– Et bien chez un toubib, je sais pas moi, démerdez-vous, un peu d'initiative quoi merde ! C'est quand même vous qui l'avez flingué.

C'est marrant comme les personnes jouissant des pouvoirs de l'autorité, se ressemblent dans tous les pays du monde. Mais où est donc passé Ralaplouse ? Je réalise seulement qu'il n'est pas parmi nous. Je m'adresse à Louis Daure.

- *Monsieur l'ambassadeur, Jésus n'est pas là. J'espère qu'il n'a pas été blessé par une fléchette.*

- *Tiens oui, c'est bizarre. S'il a été atteint par un tir de sarbacane, il n'est pas blessé, il est mort. Elles sont empoisonnées.*

- *Jésus ? Jésus ?*

Nous sommes trois à gueuler son nom, mais pas

de réponse. Nous retournons sur nos pas. C'est Singa Poor qui le découvre.

– Il est là. Il ne bouge pas. Je crois qu'il a été touché.

Nous arrivons au pas de course. Effectivement Ralaplouse est là, allongé sur le ventre dans les hautes herbes. Pas trace de fléchette, pas de sang donc pas de coup de fusil non plus. Mais alors quoi ? Un malaise, une syncope ?

– Il est mort, se désole Singa.

– Mort ! Mais de quoi ?

– Je ne sais pas. Sortons-le des herbes. Il y a forcément une raison.

Nous portons le corps à découvert. Rien d'apparent. Une crise cardiaque peut être ? C'est Singa Poor qui découvre la raison du décès brutal de notre compagnon.

– Regardez là, sur sa main, il y a comme une morsure.

Le garde resté en notre compagnie approche. Il saisit la main de Ralaplouse.

– C'est une morsure de serpent. Celle d'un Aspic-Rateur.

– Un aspirateur ? C'est quoi cette connerie ?

Comment vous pouvez plaisanter alors que ce pauvre garçon est mort ?

– Mais je ne plaisante pas. L'Aspic-Rateur est une espèce excessivement dangereuse qui ne se nourrit que de rats, d'où son nom. Sa piqûre est mortelle en quelques secondes. Il n'y a plus rien à faire.

Ben putain, je vais m'en souvenir du safari. Un blessé et un mort. C'est quand même pas de bol pour Jésus. Nous sommes comme des cons devant son cadavre. Pauvre garçon, si fier de sa réussite sociale. Un aspic-rateur de mes choses l'a pris pour un rat. J'aimerais bien lui péter la gueule moi à ce serpent de merde. Quand je pense que je me suis traîné à quatre pattes dans ces mêmes herbes, je reviens de loin. Le Land Rover aussi revient. Notre garde lui, n'en revient pas. Il doit transporter deux corps, un blessé et un macchabée tout neuf. Drôle de destin pour Jésus. Être arraché de la mâchoire d'une tortue alligator pour finir piqué en pleine savane par un aspic-rateur sans fil, (C'est bon, je déconne) Oui, t'as raison, c'est vraiment pas le moment. Autant pour moi. Bon ben pour nous, la chasse est terminée. Il y a quand même deux antilopes au tableau de chasse. Nous les chargeons à l'arrière du Land Rover et regardons s'éloigner le véhicule ambulance corbillard le cœur gros. Singa est abattu, si j'ose dire et Louis Daure également.

– Garde, prévenez le véhicule alpha de nos désagréments, ordonne le ministre.

Fort de sa supériorité hiérarchique, Taviré Takuti déclare la fin de la partie de chasse en ce qui nous concerne.

– Messieurs, nous allons rejoindre le bivouac. Il.se trouve à environ une heure d'ici. Croyez bien que je regrette d'interrompre ce passionnant safari, mais à cause de l'incompétence d'un seul homme qui a pris des vessies pour des lanternes, nous devons abréger notre plaisir. Ceci dit, fort heureusement, il n'y a rien non plus de dramatique. Les deux individus concernés ne sont pas à proprement parler de notre race n'est-ce pas ? Ils chassent encore comme les arrière-grands-parents de Noé, déguisés en animal, et l'autre, votre Ras la frange comme vous l'appelez, a le même profil finalement.

– C'est Ralaplouse monsieur le ministre !

– Oui et bien La frange ou la pelouse hein ? Ça ne change rien. Bien qu'il ait eu la chance de se développer intellectuellement à vos côtés monsieur l'ambassadeur de France, il était toujours considéré comme une proie par les animaux carnivores qui eux ne se laissent pas abuser. D'abord une tortue, puis un serpent bouffeur de rats. Alors pas non plus de quoi mettre le drapeau en berne n'est-ce pas ? Allez, tout le monde est prêt ? En voiture. Ah, mais c'est que nous sommes cinq du coup. Bon et bien toi ma chérie, monte à l'arrière, assied-toi sur les

antilopes. Tu ne risques rien, elles sont mortes. Fait juste attention à ne pas poser tes godasses sur le pelage ni mettre du sang sur ton treillis, c'est très difficile à nettoyer et je n'ai pas les moyens de t'en racheter un. Non c'est vrai ça, c'est cher ces fringues pour nanas, vous ne trouvez pas ?

Nous voilà repartis. La savane succède à la savane. C'est drôle depuis quelques heures, j'étais loin de l'enquête. De ce côté-là on piétine. Il va bien falloir qu'elle débouche sur du concret.

– Regardez, regardez, là-bas, des girafes. C'est pas à Paris que vous verriez ça n'est-ce pas ?

Moi je gamberge. Mon pauvre monsieur le ministre de la santé, si tu pouvais te douter de ce que je m'en tape de ta girafe présentement. C'est sympa bien sûr, je le reconnais, une vraie page d'Afrique ces cinq girafes se découpant sur un ciel rougeoyant de crépuscule en approche (c'est beau ça) mais après une fin de journée pareille je n'ai plus envie de m'extasier. Par contre je la clôturerais bien volontiers par un bon bourre pif sur ta tronche de babouin. Oh merde, je voulais pas dire ça, je vais encore être traité de raciste ou d'homophobe, ou pire encore. Mais c'est de sa faute aussi à ce connard.

Fort de ces pensées rageuses, je constate que nous sommes sur le point d'arriver. Un chapiteau se dresse à moins d'un kilomètre. Je n'arrive pas à croire ça. Un cirque en pleine savane. Il y a encore le nom sur la bâche. Mowgli Lionne. Les autres Land Rover sont déjà là. Alors c'est ça que transportaient les camions. C'est ça que Bobar a appelé le bivouac. Un attroupement s'est formé à quelques mètres du chapiteau. Nous le rejoignons. Les invités du président sont félicités par ce dernier qui contemple le tas de bidoche abattu au cours de la chasse. Un rhino en partie dépecé, sans doute tiré par une corde attachée au cul du Land Rover, deux crocodiles, trois vautours, un sac de termites et une tortue alligator avec un bras humain coincé dans la mâchoire. Ididé Bobar nous aperçoit.

– Ah, mes amis français. Il semble que vous ayez rencontré quelques difficultés à ce qu'on m'a rapporté ? Rassurez-vous, nous aussi. Vous voyez cet animal préhistorique, cette tortue avec un bras dans la gueule ? Eh bien ce bras c'est celui de la femme de mon ministre des invalides et mutilés. Sectionné net alors qu'elle aidait son mari à sortir cette saloperie de l'eau. On ne peut même pas le récupérer. Heureusement que les Chinois font des prothèses plus réalistes que nature. Si quelqu'un parmi vous est intéressé par ce trophée de chasse particulier, la bête et le bras, nous mettrons l'ensemble aux enchères en fin de soirée. Sur ces belles paroles, je vous invite tous à entrer sous ce chapiteau luxueux et confortable. Nous allons fêter cette journée riche en rebondissements.

Quelque chose me dit que Ralaplouse est vengé. Cette tortue ne peut pas en être une autre que la sienne.

Comme nous le savons elle n'existe pas en Afrique. C'est étonnant le hasard quand même. Elle tente de le bouffer il y a une vingtaine d'années et c'est précisément le jour où il se fait tuer par un serpent aspirateur à la con, que cette saloperie de tortue mal lunée se fait niquer par la bande à Bobar. Tu veux que je te dise ? J'aimerais bien en choper un d'Aspic Rateur. Je m'en servirais comme rallonge entre la brosse et le bloc moteur du mien. C'est la poussière que je lui ferais mordre, naaardinomouk !

Alors là, c'est sûr, tu ne vas jamais me croire. Sous le chapiteau, c'est Versailles. L'espace est séparé en secteurs par des toiles et des rideaux. Les piaules pour les invités au fond, le coin restaurant au centre tout en ayant gardé la piste libre comme si nous devions nous attendre à une représentation, les cuisines, le vestiaire, le bar, et une salle de détente à l'entrée. Je fais part de mon étonnement à Louis Daure.

– C'est incroyable cette installation. Il trimballe tout ça à chaque Safari ?

– Oui, ça fait partie des délires du bonhomme. Et vous n'avez encore rien vu. J'ai l'habitude de cet endroit puisque je suis fréquemment invité aux chasses présidentielles. L'idée lui est venue après avoir participé aux chasses Élyséennes à Chambord. Comme il ne peut pas faire construire des châteaux sur chaque territoire de chasse, il a eu cette idée de racheter un chapiteau qu'une équipe professionnelle monte et démonte à chaque

fois. Il a obtenu un prix d'achat très intéressant en négociant de la pub pour les anciens propriétaires. Le nom doit rester sur les bâches. Mowgli Lionne. Mais je ne vous dis rien de plus, vous verrez au fur et à mesure. N'oubliez pas que nous sommes ses invités pour le dîner. En général il choisit aussi deux ou trois ministres accompagnés d'une de leurs épouses.

– Pourquoi, ils en ont plusieurs ?

– Vous êtes en Afrique ! Autres lieux, autres mœurs. Je vous offre un verre au bar messieurs ?

– Alors c'est moi qui vous l'offre monsieur l'ambassadeur.

– C'est bon, laissez tomber les Monsieur. Appelez-moi Louis. Pour le verre ne vous tracassez pas, tout est gratuit. La chasse, la nourriture, les boissons, le spectacle.

– Ah, parce qu'il y a un spectacle ?

– Oui. Ce sont des danses et des chants exécutés par des individus appartenant aux tribus locales. Du folklore régional quoi. Ce soir vous assisterez donc aux démonstrations d'une tribu Bâdu Khu.

– Après ce qui vient de se produire ? Ils nous ont tirés dessus avec leurs sarbacanes.

– Ils se sont crus attaqués. C'est le garde qui a fait feu sur un des leurs. Qu'est-ce que vous

prenez ?

– Qu'est-ce qu'il y a ?

– À peu près tout. Une coupe de champagne ?

– Oh, mais ce sera parfait.

– Singa Poor est silencieux depuis notre départ du secteur chasse. Il ne doit pas avoir digéré la disparition de Ralaplouse. Il semble songeur et loin des préoccupations qui sont les notres à cet instant. Je tente de l'arracher à ses pensées.

– Tu m'as l'air songeur. C'est la mort de Jésus qui te rend morose ?

– Non. Ce qui est fait est fait. Non, je repense à notre enquête. Si tu te souviens de ce que t'as dit Elsa Hymer à ton premier rendez-vous, elle t'a précisé qu'autour de la table lors de la réunion avec les membres de la délégation Zimbarundienne, il y avait parmi les personnalités présentes deux ministres. Celui de l'extérieur et puis ?

– Bon sang, mais t'as raison ! Celui de la culture. Et culture rime avec sculpture. Comment j'ai pu oublier ce détail ? Je suis resté axé sur Ididé Junior. Là, mon garçon, je crois que tu viens de donner un petit coup de pouce à l'enquête. Il va falloir la jouer fine à table.

Chapitre 24

Nous sommes regroupés par tables rondes de huit personnes. À voir la gueule des occupants des autres tables, nous comprenons que notre présence à celle du chef de l'état, passe mal. Facile de deviner leurs pensées. Comment Bobar peut-il inviter des sous fifres d'un état étranger à partager son repas quand des sommités gouvernementales sont présentes à seulement quelques mètres ?

Pour eux, le pire est à venir. Voilà que le président se lève et demande à ses invités de faire de même pour porter un toast à notre intention et à la France, ce beau pays ami qui va apporter son soutien et ses compétences au développement du Zimbarundi.

– A la France !

– A la France, répondent timidement les participants.

Alors qu'ils commencent à se rassoir, voilà que Bobar en remet une couche. Et cette couche-là, n'est pas prête d'être oubliée par ses opposants, c'est-à-dire à peu près tout le monde. Et oui, Bobar entonne la Marseillaise. Nous l'imitons bien évidemment, avec le curseur de nos cordes vocales sur puissance maxi. Chacun des convives se sent obligé de se joindre malgré lui à la chorale Bobarienne. Au moment d'entonner « Aux armes citoyens » je décèle nettement une montée en force des voix Zimbarundiennes qui me fais ressentir le message caché qui se répand d'un convive à l'autre. Aux armes citoyens. Voilà que brusquement, cette petite phrase de notre glorieux hymne patriotique, fait tilt sous le couvercle de leurs boîtes crâniennes. Je ressens l'ensemble des ondes négatives qui parviennent jusqu'à notre table comme si j'en étais le récepteur. Faudrait pas qu'il arrive un accident au président en ce moment. Machinalement je jette un œil sous la table des fois qu'un serpent aspic rateur égaré, aurait la mauvaise idée de venir se faire marcher sur la queue par un panard présidentiel. Non tout va bien et chacun repose son cul sur son siège.

– Bien. Messieurs dites-moi tout sur Paris. Ah, paris, la France, la tour Eiffel, la Seine saint Denis. Savez-vous que j'ai beaucoup de sympathie pour ce département qui a su ouvrir ses bras et son cœur à tant de mes chers compatriotes africains ? C'est aussi pour ça que j'aime ce bon et généreux peuple de France, capable de laisser sa place à plus démuni que lui, d'adopter des cultures et des religions venues de pays lointains, sources d'un renouveau bienfaiteur. Hélas, Les

mauvaises langues diront, que les plus gênés s'en vont. Sales bêtes va !

Pas étonnant que votre nation soit la fille aînée de l'église. Jésus n'a-t-il pas dit aimez-vous les uns les autres ou frappez et on vous ouvrira, ou demandez et vous obtiendrez, ou encore si vous n'avez pas tout donné, vous n'avez rien donné ? Ou bien si on vous frappe sur la joue droite, tendez la gauche ?

Ah ben tiens, puisqu'on parle de Jésus, ce n'était pas le nom de votre diplomate… Ah ah ah ! Pardonnez-moi, c'est diplomate qui me fait rire. Il n'y a pourtant pas de quoi. Oui, donc, je disais, n'était-ce pas le nom de ce malheureux qui s'est fait mordre cet après-midi par un reptile ? J'ai été bouleversé par cette nouvelle. Ma sensibilité en a été fortement ébranlée. Comme le petit Poucet a parsemé sa route de cailloux, la mienne en ce jour, est parsemée de Kleenex. Si non, comment va votre président Monsieur Jérémie Lecouvert ? Vous savez bien évidemment que nous sommes sur un très gros projet de collaboration lui et moi.

Je ne peux rien vous dire de plus pour le moment, mais à des diplomates de votre rang, je n'apprends rien, n'est-ce pas monsieur l'ambassadeur ?

– Non bien sûr. Mais vous savons tous que tant que rien n'est concrétisé par une signature, tout peut encore arriver.

– Comment ça ? Pourquoi ce doute monsieur

Louis Daure. Avez-vous des informations qui pourraient laisser penser que ce projet puisse ne pas aboutir ? Je serai fortement contrarié. C'est que j'ai déjà payé de ma personne pour parvenir à mes fins. Enfin non je m'exprime mal, je veux parler de mon pays bien évidemment et non point de ma petite personne qui passe au second plan.

– Non monsieur le président je vous assure je veux seulement dire, plus vite ce contrat sera signé plus vite notre collaboration mutuelle sera effective.

– Ah, vous me rassurez. Vous savez qu'une réunion a eu lieu sur ce sujet il y a quelques jours à l'Élysée et en présence de monsieur Jérémie Lecouvert ?

Je profite de l'aubaine. Bobard me tend la perche. Je coupe la parole à tout le monde.

– Pardonnez-moi de vous interrompre messieurs mais il m'a été rapporté par mon ministre des Affaires louches que deux de vos collaborateurs étaient présents lors de cette réunion. Nous serait-il possible de saluer ces personnalités si influentes pour l'avancée de ce contrat ?

– Vous les avez présentement en face de vous. Monsieur Icé Bâré ministre de l'extérieur et monsieur Lébo Zar ministre de la culture. Je vous prie de bien vouloir m'excuser de ne pas avoir pris le temps de faire les présentations. Je vous

présente également Madame Elta Niké, porte-parole de mon gouvernement et Jeanne mon épouse.

Nous nous répandons en courbettes et en léchouilles.. Que vous êtes tous jolis, que vous nous semblez beaux etc, etc... Louis Daure s'adresse à Madame la présidente.

– *Jeanne ? Mais c'est très Français ce prénom.*

– *Oui, répond Ididé. Je l'ai contrainte...heu... Je voulais dire priée, de bien vouloir adopter ce prénom de chez vous tout de suite après mon élection. Toujours en rapport avec mon attachement à la France. N'avez-vous pas eu Jeanne d'Arc, la pucelle d'Orléans? Bon, de ce côté-là c'est foutu. Mais si non, mon épouse est très impliquée dans la politique de mon pays. Je veux qu'elle soit un modèle pour les femmes Zimbarundiennes. Peut-être qu'un jour, comme votre Jeanne d'Arc, elle m'aidera à bouter les forces maléfiques qui agitent mon peuple hors du Zimbarundi. Quant à Madame Elta Niké, elle parle cinq langues couramment et c'est donc en toute logique que je l'ai choisi comme porte-parole. Elle et mon épouse travaillent en parfaite collaboration.*

Pendant que Ididé Bobar nous débite son boniment, un nom viens de percuter mon attention. Issé Bâré. Mais alors si Issé Bâré est là en face de moi, cette varlope de Bokaka Kabossé m'a encore enfumé.

Quand il m'a dit avoir remis des faux papiers à Ididé Junior sous ce nom, c'était bidon. Il m'a balancé le premier blaze qui lui est venu à l'esprit. Mais comment je me démerde pour me faire balader de la sorte ?

– Ainsi Monsieur Bâré, c'est en tant que ministre de l'extérieur que vous avez participé à cette réunion à l'Élysée ?

– Oui ce qui me semble normal. Tout comme pour monsieur Lébo Zar. Nos ministères sont concernés par l'organisation de l'expo internationale sur la renaissance Africaine.

– En ce cas vous ne devez pas ignorer que le fils de votre vénéré président est devenu un proche collaborateur de notre chef d'état. Peut-être était-il lui aussi présent ?

– Non il devait je pense être absent du palais où occupé par un travail urgent. Bobar relève mes réflexions. Faut croire que j'ai été convaincant. Il réalise brusquement qu'effectivement, la présence de son rejeton n'est mentionnée sur aucun document.

– Moi aussi ça m'a étonné. J'ai su qu'il occupait le poste de responsable des œuvres d'art du palais. Nous aurions pu penser que sa présence était évidente. Il y aura probablement eu un cas de force

majeure.

Pour ça c'est sûr mon gaillard. Ton lardon n'était qu'un larbin, mais comment te le dire ? Il vaut mieux que tu gardes tes illusions. Nous continuons à discuter de tout et de rien. La gazelle rôtie a disparu dans l'estomac des convives depuis un bon moment. C'est alors qu'une pièce montée submergée de fruits est déposée devant nous, que la lumière des ampoules du chapiteau diminue. On nous distribue le programme des réjouissances sur papier glacé. Dans un boucan du diable, une horde sauvage déboule sur la piste. Des torches s'enflamment tout autour. Bobar me gueule dans les oreilles.

– *Vous allez assister à des danses rituelles ancestrales. Cette compagnie se produira pendant l'expo internationale.*

Une douzaine de Bâdu-Khu à en juger par leur taille, commencent à se trémousser sur la piste. C'est un indescriptible foisonnement de couleurs chatoyantes, de pendeloques désarticulées, de masques à foutre la pétoche à Zorro. Leurs mains tiennent des arcs et sur leur dos est suspendu un carquois garni de flèches. Une sorte de pot de fleurs aux tiges retombantes, leur sert de couvre-chef.

Des tatanes en peau de quelque chose, peut-être de zobi, allez savoir, chaussent des panards trépignants. Le bruit des tam-tams fait vibrer la toile du chapiteau. Il devient difficile de se parler. Bobar se penche vers moi.

– C'est le premier tableau. La danse de l'arc en ciel. Elle symbolise les premiers tirs d'une partie de chasse, lorsque les toutes premières flèches montent vers le ciel en offrande aux Dieux.

Je lui fais signe de la tête que le message est bien passé. La troupe arme précisément les arcs et les pointent vers le sommet du chapiteau. Là, j'en reste quoi, car (Non, je n'ai pas dit carquois fais un peu attention) ils tirent réellement. Les flèches traversent la bâche. Certaines y restent suspendues. Ils viennent de perforer la toile sur plus de dix mètres carrés. Bobar se tourne vers moi et constate ma stupeur.

– Ne vous en faites pas, c'est comme ça à chaque fois, ça fait plus vrai. La partie perforée sera remplacée très rapidement. Au prochain safari, il n'y paraîtra plus. Mais attendez le second tableau, vous allez voir, c'est un chef d'œuvre.

– *Si vous le dites !*

La troupe quitte la piste pour revenir quelques minutes plus tard métamorphosée. Presque à poils, juste une jupe de paille autour du bide, des bracelets de dents humaines aux bras et aux chevilles, et un os en travers du tarin, ils installent le décor tout en dansant. Un feu de bois est allumé au centre de la piste. La fumée monte sous le chapiteau. Elle se répand sous la bâche. Les trous des flèches sont trop petits pour permettre l'évacuation. On ne va pas tarder à suffoquer. Ah non. Tout a été prévu. Une ouverture se fait. Une langue de toile (Une langue de toile ! c'est 'i pas beau çà ?) se retire sans doute liée par une corde. C'est bon, la fumée fout le camp.

Porté par quatre Bâdu-Khu, un énorme chaudron déjà fumant est déposé au-dessus du foyer. Les danseurs semblent entrer en transes. Ils se renversent d'avant en arrière en agitant des couteaux d'ivoire. Et puis dans un déferlement de tam-tams ils se jettent sur le chaudron dont ils extraient des morceaux de corps humain. C'est ahurissant de réalisme. Il se répand même une odeur de viande bouillie. Et puis le pire se produit, enfoncés sur les pointes des couteaux, les morceaux nous sont apportés et déposés sur les tables. C'est un cauchemar.

La troupe regagne la piste, salue le public et se retire sous les vivats et les applaudissements. Je n'ai d'yeux que pour le pied humain posé devant moi.

– Alors, qu'est-ce que je vous avais dit ? C'était pas du spectacle vivant çà ?

– Ben, pour lui, pas franchement ! Je désigne le pied.

– Ah ah ! Mais c'est bidon, c'est du caoutchouc ! Vous n'avez quand même pas cru que.... Si ?

Ouf ! Putain les cons. Je ne te décris pas le suite du programme. Ça dure encore environ une heure puis le calme revient.

– Alors, satisfait ? me demande Bobar.

– Comment ne pas l'être monsieur le président. Un spectacle pareil, je ne l'oublierai pas de sitôt.

– En fait, ce ne sont pas des Bâdu-Khu que vous avez pu applaudir, mais une troupe de petits rats de l'opéra de Bézanville. Les Bâdu-Khu sont complétement cons, rien à en tirer. Des primates primaires. Aucune éducation, aucune culture. Nous les gardons pour le côté folklore c'est tout. Un piège à touristes. Il m'arrive même parfois de rêver d'un safari spécial Bâdu-Khu, mais ce serait préjudiciable pour le tourisme. Dommage, les voir galoper dans la savane me comblerait.

– J'ignorais qu'il y ait un opéra à Bézanville.

– Bien sûr que si. C'est d'ailleurs un de vos compatriote qui enseigne la danse à nos chers petits. Monsieur Maurice Jébard.

Je n'ai pas le temps de rajouter un mot. Une équipe de la télévision Zimbarundienne entoure notre table. Une journaliste blanche d'une cinquantaine d'années s'adresse à Bobar.

– Monsieur le président, êtes-vous satisfait du déroulement de cette première journée de safari ?

- *Comment ne pas l'être ? Quelques trophées de chasse intéressants, un bon dîner, un beau spectacle, que demander de plus ?*

- *Vos invités doivent être satisfaits ?*

– Et bien demandez-leur.

– Monsieur l'ambassadeur, qu'avez-vous à déclarer au terme de cette journée ?

– Une grande émotion, vraiment. Mais adressez-vous à mes compatriotes ici présents.

– Messieurs bonsoir. Qu'allez-vous ramener comme souvenir ? Me demande cette charmante journaliste.

– Je suis encore sous le choc, demandez à mon ami Singa Poor, les mots me manquent.

Et voilà. Je viens de filer la patate chaude à Singa Poor. Qu'il se démerde avec la téloche. Moi, je ne lâche pas le morceau. Je me rapproche de Issé Bâré.

– Belle soirée non ? Sans vouloir vous importuner, pensez-vous que votre projet d'expo international puisse aboutir ?

– Il n'y a pas de raison que ça n'aboutisse pas. Monsieur Jérémie Lecouvert votre président, nous a laissé tous les espoirs. Il ne faut pas oublier qu'un contrat particulièrement important pour nos deux nations est en cours d'élaboration.

– Ah oui. L'exploitation du sous-sol Zimbarundien. Mais quel rapport entre ces deux projets.

– Cher monsieur en politique, tout est lié. Vous le savez aussi bien que moi. Ne soyons pas naïfs. Pour pécher du gros, il faut appâter n'est-ce pas ?

– Chapeau monsieur le ministre, vous au moins vous ne tournez pas autour du pot.

– Je vais vous faire un aveu. Dans ce pays, contrairement à d'autres, plus vous en savez, plus cela vous protège. Avec un lascar comme celui que vous avez en face de vous, il vaut mieux avoir du répondant.

– Et bien dites donc, vous n'avez pas l'air de le porter dans votre cœur votre président.

– C'est un tordu, une crapule, une ordure, et vous le savez aussi bien que moi. Plus corrompu que lui ça n'existe pas. Il lèche les bottes de la France pour obtenir ce qu'il désire. Vous ne croyez quand même pas qu'il est sincère avec ses.... j'aime la france. Tenez, votre compatriote, la nana qui interroge votre ami là, pourquoi croyez-vous qu'elle soit là ? C'est une de vos anciennes speakerines. Notre télévision nationale est encore à l'aube de son histoire. Il fallait des personnes compétentes pour conseiller sa direction.

– Et son fils, monsieur le ministre, c'est quoi cette mascarade de préparation au poste de ministre de la culture ici à Bézanville ? Vous devez avoir compris qu'à Paris, il n'était qu'un fantoche et que son poste de responsable des œuvres d'arts à

l'Élysée était complètement bidon ? Son absence lors de la réunion a dû vous interpeller ?

– Je vais vous dire ce qui m'a interpellé. C'est le départ pour la France de mon collègue du ministère de la culture, trois jours avant la date de la réunion. Pourquoi ne pas m'avoir avisé de ce déplacement alors que nous sommes censés travailler sur le même projet ? Qu'est-ce qu'il a bien pu foutre à Paris pendant ces trois jours ?

– Confidence pour confidence, je ne suis absolument pas diplomate. Si je suis ici au Zimbarundi, c'est parce que je mène une enquête. Mais au point où nous en sommes, ne pourrions-nous pas nous entretenir ailleurs un peu plus tard ? Quelque chose me dit que nous pourrions éclaircir un peu l'horizon ?

Chapitre 25

En accord avec mon partenaire, nous avons pris une décision qui peut tout faire basculer. Au lendemain du retour du safari nous nous rendons en compagnie de monsieur Louis Daure au rendez-vous fixé par le ministre de l'extérieur. Je pense que sa haine envers son supérieur, sa majesté Bobar premier, n'était pas feinte. Nous n'avons plus qu'à espérer ne pas être tombés dans un piège. Le rendez-vous est fixé à l'extérieur de la ville, dans un endroit suffisamment désertique qui doit nous permettre de repérer d'éventuels suiveurs.

Alors que nous laissons le centre-ville derrière nous, entassés sous un pont, des abris de fortune apparaissent. Des blancs à l'air désœuvrés s'y entassent.

– C'est quoi tout ça ?

– Ce sont des migrants européens. Ils sont en attente de régularisation. Du moins pour les Français. Les autres vont rapidement se retrouver dans un camp en attendant leur expulsion vers

l'Europe. C'est un peu long car ils font semblant de ne pas comprendre lorsque la police les interroge. La plupart n'a plus de papiers d'identité. Juste un smartphone de dernière génération pour communiquer.

– Il y a des migrants Français au Zimbarundi ?

– Oui. Ceux qui traînaient la misère, les petits artisans essorés par les charges sociales, les agriculteurs, ces serfs de l'ère moderne, les petits quoi, les sans grade, tous ceux qui avaient perdu espoir que ça change un jour. L'eldorado Africain en quelque sorte. Ils espèrent pouvoir se faire recruter pour travailler dans les mines. Il est évident qu'il y a aussi tout un panel de branleurs et c'est pas ce qui manque, qui souhaitent vivre au soleil, des aides et des soins apportés par les membres des ONG locales.

Certains arrivent mal en point. Ils ont marché sous le cagnard sans eau, sans nourriture, sans soins, et sont couverts d'ampoules et de coups de soleil. D'autres vivent de petits trafics comme le vol et la revente de pédales, de selles ou de roues de vélo. Heureusement, il ne pleut pas, mais quand la mousson va arriver, il va falloir les loger d'urgence dans les bâtiments publics disponibles. Par les fortes chaleurs, les pompiers viennent les arroser au jet à pression maxi, ça les lave en même temps que ça les rafraîchis.

Il y a aussi les associations qui leur viennent en

aide. Comme par exemple la très présente et efficace ,(Les boulots du cœur). Ils choisissent les plus solides et les placent pour quelques heures ou quelques jours dans des familles aisées comme hommes ou femmes à tout faire. Ils sont payés par l'association.

– Des clandestins payés ?

– Oui. Avec des bons d'achat. Ce sont des bons de remises de 0,05 % sur des achats comme un véhicule de luxe ou un appartement. Les boulots du cœur font ce qu'ils peuvent pour soulager cette misère qui s'étale sous leurs yeux.

Alors que nous laissons Bézanville s'éloigner et que nous sommes certains de ne pas avoir été suivis, nous parvenons au lieu du rendez-vous. Un modeste village de torchis composé de cinq cases dont une sur laquelle flotte un tissu blanc. C'est bon. Si le tissu avait été de couleur, cela aurait signifié qu'il nous fallait tailler la route dare-dare. Nous planquons la bagnole sous une bâche verdâtre et c'est Issé Bâré qui vient nous accueillir.

– C'est bon, tout est clean. Entrez. Je laisse un gamin en piquet de surveillance. S'il voit quelque chose d'anormal, il nous préviendra.

– La case est fraîche. Des bancs rudimentaires nous permettent de nous asseoir.

– Je suis né ici. Nous dit Issé Bâré. J'ai une

confiance totale en ces personnes.

– Ok monsieur le ministre. Ne perdons plus de temps, Voilà ce que nous avons à vous apprendre.

Et je lui déballe tout comme je l'ai fait pour Louis Daure. Du début jusqu'à maintenant. Les dés sont donc jetés et si c'était une connerie, nous n'allons pas tarder à le savoir.

– Donc laissez-moi récapituler. Bobar envoie son crétin de fils en France sous le prétexte que l'on sait. Le Ididé Junior est chargé de se faire embaucher à l'Élysée pour pouvoir retirer et remplacer les puces de la tête de nœud trafiquée. Il se fait piquer en retirant une des puces. L'objet est ausculté, le délit d'espionnage confirmé, il parvient à récupérer la sculpture grâce à cette femme de ménage qu'il tue pour qu'elle ferme sa gueule, se réfugie dans ce château occupé par cette secte d'attardés, laquelle secte tente de vous attirer dans un piège afin de vous faire disparaître, ça foire et tout pète. Vous retournez à Paris, vous braquez notre ambassadeur, il vous monte un bateau en vous disant que Ididé est en route pour Bézanville avec la tête de nœud mais qu'il n'y arrivera pas car l'avion va s'écraser, que la tête de nœud ne risque rien car la précaution de l'enfermer dans une boîte résistante à toute épreuve a été prise, que Ididé est sensé crever dans l'accident et qu'il ne reste qu'à retrouver la boîte pour récupérer le nœud, le transmettre à qui de

droit pour en analyser le disque dur qui contient la preuve de la trahison de Bobar. Sauf que sur place, pas de Ididé, pas de boîte. Un hélico de chez nous est venu et ses occupants ont récupéré et mis à l'abris, la boîte noire. C'est bon, j'ai bien tout résumé comme il faut ?

– Vous n'auriez pas pu faire mieux monsieur le ministre. Alors vous en pensez quoi ?

– J'en pense que tout ça ne tient la route que dans la mesure où Ididé parvenait à se faire engager au palais. Dans le cas contraire qui aurait récupéré les puces ?

– Mais tout bêtement Chipo Lata. Ididé Junior l'aurait certainement soudoyée.

– Ah oui bien sûr. En ce cas, la solution est dans les pattes de Lébô Zar. Il est allé faire quelque chose de précis à Paris trois jours avant la délégation. Ce qu'il a fait doit être enregistré sur le disque. Et si c'est sur le disque c'est qu'il était présent dans le bureau présidentiel. Si c'est sur le disque et que Bokaka Kabossé est allé aussi loin pour mettre la main dessus, c'est que la preuve flagrante de la corruption de Bobar est contenue sur le disque. Ididé a compris que pour lui les carottes étaient cuites comme on dit chez vous. Il lui fallait à tout prix expédier ou amener la tête de nœud à Bézanville.

– Mais pour la remettre à qui ? Ididé bouffe à tous

les râteliers. Je suis paumé. Si l'un d'entre vous a une ébauche de réponse ? Je ne sais pas moi, toi Singa, tu n'as pas une idée ?

– La seule qui me vienne à l'esprit c'est qu'il s'agit d'une guerre de candidats au pouvoir. Bobar est corrompu. C'est un tyran manipulateur. Il a compris depuis longtemps que son avenir dépend de ses subordonnés. Il sait aussi qu'entre eux, il n'y aura pas de cadeaux. Il n'a confiance qu'en son fiston. C'est pourtant le moins fiable de tous. Si vous voulez m'écouter, de lui pour l'instant on s'en fout. C'est Lébô Zar qu'il faut cuisiner. C'est lui la clé de l'énigme. Ce qui me paraît certain, c'est qu'il n'est pas en possession de la dernière puce. Si non, il saurait ce qu'elle contient et n'aurait besoin de rien d'autre pour faire tomber Bobar. Qu'est-ce qu'il est allé foutre dans le bureau de Jérémie Lecouvert avant votre réunion ? Vous n'avez pas un moyen pour le contraindre à accoucher ? Vos services de renseignements par exemple ?

– Oh, pensez donc, ils sont à la solde de Bobar. Un ramassis de crapules sans foi ni loi.

– Il n'a pas une famille sur laquelle nous pourrions faire pression ? Insiste Singa.

– Une fille, Elle fait ses études au lycée des petites sœurs des riches à Lyon.

– À Lyon…, en France ?

– Ben oui en France.

Là mes enfants, voilà une nouvelle qui ne tombe pas dans l'oreille des pertes et profits. J'ai braqué un ambassadeur, je peux faire interpeller la fille d'un ministre des enfoirés sans état d'âme.

– Écoutez-moi tous. Laissez-moi faire. Je vais appeler Paris, les mettre au courant des événements ici à Bézanville et voir comment nous pouvons agir. Retournons à l'ambassade. Il faut agir vite. Recontactez moi demain monsieur le ministre de l'extérieur. Nous allons abattre notre dernière carte.

Nous reprenons la route de Bézanville. Je suis sur des charbons ardents. À peine parvenu à l'ambassade, j'appelle monsieur de La Panosse notre ministre des affaires louches. Si celle-là n'en est pas une, je ne sais pas ce qu'il lui faudra.

– Monsieur le ministre, je suis à l'ambassade de France à Bézanville. Le nœud se démêle si je peux dire. Nous allons avoir besoin de vous. Mais je ne peux rien vous dire sur cette ligne, secret d'état comme on dit. Rappelez-moi de n'importe où mais pas de votre portable perso. Les murs ont des oreilles. Faites vite. Il y a urgence.

Plus d'une heure s'écoule avant qu'il ne me rappelle. Nous sommes tous accrochés à cette communication. J'ai l'estomac noué et même le café est refroidi dans ma tasse.

– Ok ! Alors écoutez moi bien monsieur le ministre.

– Je lui relate les derniers événements. Je sens que nous remontons dans son estime. Il réalise que nous ne passions pas des vacances en safari présidentiel en Afrique.

– Et vous voulez que nous interpellions la fille de ce ministre Zimbarundien ? Mais sous quel prétexte ? Vous imaginez le scandale si ça foire ?

– Pas vous. Enfin si, vous, mais pas la France si vous me comprenez. Il faut que vous vous fassiez passer pour des kidnappeurs à gages. Des professionnels à la solde de qui les paie. Il faut que le gouvernement français n'apparaisse pas, car le père sait bien qu'aucun état, à part peut-être en Amérique latine, n'assassinerait la fille d'un ministre étranger, juste pour faire parler le père. Vous la chopez le plus tôt possible. Vous la planquez quelque part incognito. Vous réalisez un enregistrement sur lequel elle s'adresse à son père en lui disant que s'il n'obéit pas elle sera exécutée. S'il le faut vous lui collez quelques beignes afin qu'elle soit bien crédible. Quelques baffes pendant qu'elle parle par exemple. Dès que c'est fait, vous m'appelez que je sache si ça a marché. En même temps faites parvenir l'enregistrement à l'ambassade à Bézanville. Nous attendons cet envoi pour faire avancer l'enquête. Nous comptons sur votre empressement.

– Vous savez que si ça foire, on est dans la merde ? Vous le savez ?

– Pourquoi ça foirerait ? Prenez des gens sûrs. Enlever une gamine, ce n'est pas attaquer la Corée du nord tout de même. Vous savez ce que nous faisons ici, pour la France ?

Je l'entends se mettre au garde à vous à l'autre bout de la ligne. J'entends dans son crâne les premières mesures de la Marseillaise. Il va le faire. Je suis sûr qu'il va le faire.

– Bien ! Les amis il va falloir patienter. J'espère que ça ne va pas trop traîner.

J'avale mon jus. Il est complètement froid mais je m'en fous.

Chapitre 26

C'est bon. L'enregistrement est au poil. La môme est en pleine crise d'hystérie, on entend le bruit des torgnoles sur les joues juvéniles. Je suis vraiment désolé pour elle mais la fin justifie les moyens. Nous attendons que Issé Bâré nous recontacte. Par contre prions pour qu'il ne tombe pas un caillou dans l'engrenage. En cas de problème, nous risquerions fort un confinement dans l'enceinte de l'ambassade pour un très long moment. Enfin, le contact est repris.

– Cher monsieur Issé Bâré, de notre côté tout est en place. Nous avons la fille. Faites-en sorte de convaincre Lébô Zar de nous écouter. Collez-nous tout sur le dos, mais attention, ne mêlez pas notre ambassadeur à cette histoire. Avez-vous des enfants vous-même ?

– Oui, deux garçons, mais ils sont loin d'ici. Pourquoi ?

– Vous auriez pu dire qu'un d'entre eux est aussi victime d'un enlèvement. Ça aurait pu créer un lien entre vous.

– Pas nécessaire. Je vous l'amène au village dès que possible. Je dois lui parler en dehors des zones sensibles si vous voyez ce que je veux dire.

– Parfait. Nous attendons votre appel. Merci pour le coup de main.

– Monsieur l'ambassadeur, j'espère qu'il n'y aura pas de conséquences pour vous si ça rate.

– Et bien en ce cas, je ferai partie des dommages collatéraux. Ce sont les risques en politique. Quoi qu'il en soit, j'aurais été ravi d'avoir fait votre connaissance. Dommage que notre rencontre soit endeuillée par la perte de Ralafran... Je veux dire Jésus. Pauvre ami. Au mauvais endroit au mauvais moment. Il a dérangé cet animal qui devait pioncer dans les herbes. Heureusement il n'a pas souffert. La mort survient rapidement.

– Des nouvelles du Bâdu-Khu blessé ?

– Non. Vous savez, pour Bobar, ces gens ne valent pas une poule pondeuse. Comme cela vous a été dit, il ne les supporte que pour attirer les touristes. Mais ça ne durera pas. Un jour ou l'autre, il fera place nette dans la région. Oh, il ne fera pas de cartons au cours d'un safari, ça non. Il s'arrangera pour qu'une épidémie quelconque les décime. Mais c'est à plus ou moins brève échéance le sort qui attend toutes les tribus nomades du monde. Les indiens de la forêt Amazonienne sont menacés de la même façon. On

ne peut pas pleurnicher sur toutes les misères de la planète. Si ça vous dit, je vous invite à dîner à l'extérieur. Je connais un très bon resto Français à moins de dix minutes à pieds.

– D'accord, mais c'est moi qui invite !

– Non mais c'est pas vrai ! Vous tenez absolument à dépenser votre argent inutilement. L'ambassade c'est la France. Considérez que c'est la France qui vous invite.

– Alors évidemment, vu comme ça.

Un quart d'heure plus tard nous marchons parmi la foule disparate d'une ville Africaine. Un bordel organisé gère la circulation. La même chose à Paris et la ville serait bloquée mais ici ça roule. Va comprendre. Le resto est en vue. Au bouffe Parigots. C'est sa raison sociale. Singa semble aux anges. Un grand sourire lui déforme la face. Je sais pas si tu as remarqué, mais il y a des gens qui devraient s'abstenir de sourire. Tout est normal, un visage passe partout et soudain, une tronche de cake inattendue, risible.

– Qu'est-ce qui t'arrive ?

– C'est le resto, il est tel que je l'ai connu il y a vingt ans. Même bâche, même tables.

- *Et même patron !* Lui rétorque Louis Daure.

– Non ? Vous me charriez ! C'est pas toujours tenu par Nanard et Lulu ?

– Mais si. Nanard a pris des cheveux blancs et Lulu a l'air d'une barrique, mais ils sont toujours en poste.

Je repense à Ralaplouse. Les retrouvailles avec Singa ne lui ont pas porté chance. Pourvu que Gégé et Lulu ne finissent pas dans le four de leur cuisinière ou congelés dans leurs frigos. À peine rentrés ce que je craignais se produit. Les effusions larmoyantes.

– Oh Nanard, Mais j'y crois pas. T'es toujours là vieille bourrique ? T'as encore pas empoisonné toute la ville ?

– Ouah, Singa, Singa l'emmerdeur, Singa le casse burnes. Et que c'est trop chaud et que c'est trop froid, et que ça manque de sel et qu'il y en a pas assez. LULU Viens voir ...

– Quoi, qu'est-ce t'as à gueuler comme ça ? J'suis pas sourdingue. Oh la putain de sa race, oh le fils de pute, oh la vérole africaine, j'y crois pas. T'es pas encore crevé vieux négro dégénéré ? Mais qu'est-ce que tu fous à Bézanville après si longtemps. T'es nostalgique ou quoi ? tu vois, j'ai pris du muscle autour de la taille. Et ben, si je pensais te revoir un jour. Merci m'sieur l'ambassadeur. Vous pouviez pas nous faire plus plaisir. Aller, installez-vous, c'est la maison qui régale.

Il est plus de minuit quand nous quittons Le bouffe Parigots. Des pompes légèrement à bascules nous ramènent à l'ambassade.

– *Vous allez rester ici pour cette nuit. Il y a de quoi vous faire dormir. Demain il fera jour. Ce soir je me sens un peu vaseux. Tenez, jetez-vous sur ces canapés, je vous apporte des couvrantes. Des fois les nuits son fraîches.*

Pas fâché de piquer un roupillon. Je n'arrive plus à réfléchir. On verra ça demain. Ah mais il est une heure du matin, ça veut dire que demain c'est aujourd'hui. Aller, bonne nuit. Je n'ai même pas le temps de m'endormir que c'est l'heure de me lever. Un peu mal au crâne ce matin. J'espère avoir des nouvelles dans le courant de la journée. En attendant un bon jus me fera le plus grand bien. La soirée chez Nanard et Lulu a développé des métastases dans mon système régénérateur. C'est pas un truc à renouveler trop fréquemment. Ce n'est qu'à midi que nous avons du nouveau.

– *C'est bon ! Je ne vous dis pas que ça a été facile car si vous avez de votre côté des preuves de l'enlèvement de sa fille, moi je n'avais rien pour convaincre Lébô Zar, rien. Le plus difficile a été de l'empêcher d'ameuter la présidence. J'ai dû user de toute ma force de conviction. Nous serons au village vers quinze heures. J'espère que vous avez des cartes dans votre jeu, sinon !*

– *Nous avons une carte maîtresse. N'ayez crainte.*

Chapitre 27

Nous sommes au rendez-vous à l'heure, Issé Bâré et Lébô Zar aussi. L'ambiance est tendue.

– C'est quoi ces conneries ? Depuis quand des diplomates étrangers kidnappent les enfants d'un ministre du pays qui les accueille ?

– Depuis que le ministre en question est soupçonné d'espionnage. Qu'est-ce que vous êtes venu faire en France trois jours avant la date de votre réunion à l'Élysée. Vous voyez, la question est simple. On vous écoute.

– Mais rien, Je voulais profiter un peu de Paris c'est tout. Mais enfin Issé, qu'est-ce que tu es allé leur raconter ?

– Bon, là, excusez-moi, mais cher monsieur Lébô Zar, vous êtes mal barré. Nous n'avons que quelques heures pour démêler le vrai du faux. Vous voyez, il est quinze heures quinze. Si nous n'avons pas progressé à seize heures, je vous colle un pruneau en plein front. Personne ne viendra ici

vous sortir du merdier dans lequel vous vous êtes fourré. Ne cherchez surtout pas à gagner du temps. Et n'accablez pas monsieur Issé Bârê, il n'a fait que servir d'intermédiaire. Au cas où vous ne le sauriez pas, j'ai obtenu beaucoup d'infos concernant un certaine tête de nœud, juste en enfonçant le canon d'un flingue entre les côtes de Bokaka Kabossé. Il en a dit beaucoup, mais pas assez. Nous voulons, Ididé Junior et la sculpture. Alors accouchez et vite si non pan-pan. Adieu la fifille pour commencer, puis pan-pan, adieu papa. Raison d'état.

– Ok, c'est bon. Mais vous allez devoir me croire. Tout ce que je vais vous dire est la stricte vérité. Vous savez évidemment que nos deux nations sont en pourparlers au sujet d'une exploitation commune des ressources du sous-sol Zimbarundien. Il détient plus de trente pour cent des richesses africaines en pétrole et métaux précieux. La France apportant les finances, exige en retour un pourcentage indécent. Aucun pays ne l'accepterait. Nous associer avec un autre état Africain serait pire encore, d'autant qu'aucun, n'a la capacité financière nécessaire.

Votre gouvernement, votre président pour être plus précis, a très vite et très bien analysé Ididé Bobar. Il a vite compris que notre président était l'être le plus corrompu du monde. Le plus lèche bottes pour rester poli, le plus disposé à faire passer ses intérêts personnels avant ceux de son pays. Il pue la malhonnêteté à trois pas. Ce pauvre abruti qui s'imagine que tout le monde lui ressemble a cru faire plaisir à Monsieur Jérémie le Couvert en faisant à coups de millions, réaliser la copie du château de Versailles à Bézanville. Pourquoi pas la tour Eiffel ?

Toujours est-il que le renard a flairé le corbeau. Pour ramasser le Jackpot, il suffisait d'arroser copieusement à titre individuel ce salopard de Bobar. Marché conclu. Le contrat serait largement bénéfique pour la France, moyennant une rétribution paradisiaque régulière autant qu'insoupçonnable à l'attention de notre président. Cependant, comme il n'y a pas plus méfiant qu'un roublard, Bobar s'est assuré sur la vie tout seul. D'une part l'idée du cadeau espion qui allait lui permettre de voir et d'entendre ce qui se dirait au plus haut niveau, d'autre part l'idée de faire admettre son fiston dans le circuit diplomatique, sous un prétexte qui pouvait paraître plausible, à charge pour ce dernier de se faire employer au palais afin d'avoir accès aux infos enregistrées. Et c'est là, que le corbeau a piégé le renard. Un piège qui pouvait aussi bien non seulement ne pas fonctionner, mais également tout faire capoter. Si ça fonctionnait, Jérémie Lecouvert était dans le caca. Si ça ne fonctionnait pas, il pouvait prendre très mal, l'initiative de Bobar.

– Et c'était quoi ce piège ?

– Une pleine valise de diamants. Les plus gros, les plus beaux. Une fortune en gros cailloux, donc sans poinçons ni numéros. Des cailloux à échanger contre monnaie sonnante et trébuchante au gré des besoins. De deux choses l'une, Jérémie Lecouvert s'offusquait en direct de la tentative de corruption et virait le commissionnaire avec pertes et fracas, ou il refermait le couvercle et posait la valoche sous son bureau. Et devinez quoi ?

– Il l'a mise sous le bureau !

– Exactement ! Sous l'œil de la caméra.

– Et le commissionnaire c'était vous ?

– Encore exact. Sauf que mon boulot était de piéger le piégeur. Je tenais la preuve flagrante de la corruption de Bobar. La preuve en image. Il ne restait qu'à récupérer cette preuve. Alors quand j'ai vu le nœud dans la salle du conseil des ministre le jour de la réunion j'ai eu un moment de panique. Pourquoi avait-il quitté le bureau présidentiel ? Est-ce que c'était un message pour nous faire comprendre que le piège était repéré ou juste un hasard ? J'ai eu la réponse plus tard par un appel de Bokaka Kabossé. Lors de la réunion c'était bien le hasard, mais deux jours plus tard, à cause d'une maladresse de Ididé Junior, l'Élysée savait tout mais avait perdu la preuve en même temps qu'Ididé. Si les plus proches collaborateurs

de votre président ignoraient ce qui avait bien pu être enregistré, ce dernier en revanche, savait que la valise de diamants était dessus. J'imagine que depuis, il doit très mal dormir.

– Puisque vous parlez de Bokaka Kabossé, est-il oui ou non le grand manitou de la secte LéZéLu ? Et si non, c'est qui ce Maître absolu ?

– Oui. Le grand manitou c'est lui. Personnellement, j'ai adhéré à ce mouvement lorsque Ididé Junior m'a approché à ce sujet. Il voulait savoir si je connaissais les noms des personnes incarcérées. J'ai pigé qu'il avait très peur que son père n'apprenne la vérité. C'est lui qui m'a dit que le précurseur et le grand maître était Bokaka Kabossé.

– Et vous n'avez pas la moindre idée de l'endroit ou peut se trouver la tête de nœud aujourd'hui ? Vous ignorez si Ididé est vivant ou mort ?

– J'ai bien analysé la situation. Je suis certain que Ididé est tout bêtement toujours à l'ambassade du Zimbarundi à Paris. Si on remet les choses dans l'ordre, Bokaka vous balade depuis plusieurs jours. Il vous expédie sans en avoir l'air à Saint Frusquin espérant vous faire éliminer. Ce n'est certainement pas le gourou local qui a fait tout sauter. Pour quelle raison aurait-il fait ça puisque vous n'aviez rien trouvé ? Tout au plus, il ne risquait qu'une expulsion lui et sa clique. Ça se

passe très mal et vous êtes toujours vivants donc toujours une menace. Ensuite il monte le coup du crash aérien en espérant que bien sûr vous iriez sur place pour tenter de retrouver les restes de Ididé et la fameuse boîte. Bien évidemment vous ne risquiez pas de trouver quoi que ce soit car d'une part Ididé n'était pas dans l'avion et d'autre part, et c'est là que j'attire particulièrement votre attention, le nœud qui devait bien être à bord, a quitté l'appareil entre les mains du parachutiste. C'est le pilote qui sait où elle se trouve. Il ne restait qu'à faire disparaître la boîte noire afin que les causes réelles de l'accident disparaissent. Pas de boîte, pas de preuves contre Kabossé. Trouvons le pilote et nous trouverons la sculpture.

Nous sommes scotchés et muets pendant près d'une minute. Évidemment qu'il a raison. Nous sommes restés bloqués sur des évidences sans aller chercher derrière. Mais quels enquêteurs sommes-nous ? Des pelures pareilles, on n'en fait plus.

– Félicitations monsieur Lébô Zar. Vous venez d'éclaircir une sacrée zone d'ombres. Ce sont les personnes se trouvant à bord de l'hélicoptère qu'il faut trouver. Elles possèdent et la boîte noire et l'identité du pilote. Vous avez une idée ?

– J'y travaille. Je veux tout comme vous faire apparaître au grand jour la félonie de Bobar. Je le veux en prison pour haute trahison. Alors

maintenant, si vous aviez l'amabilité de faire libérer ma fille ?

– Bien sûr. Sitôt à l'Ambassade nous donnerons les consignes nécessaires. Mais pourquoi n'avoir pas cherché à collaborer avec des personnes comme monsieur Issé Bâré ?

– Dans ce gouvernement messieurs, il est impossible de faire confiance à qui que ce soit. Les plus fiables en apparence peuvent en réalité être les plus tordus. À présent, je sais que je peux compter sur Issé, n'est-ce pas monsieur le ministre ?

– Et comment. Nous allons mettre toute notre énergie à retrouver l'équipage de cet hélico. C'était un appareil appartenant à nos gardes chasse. Ils n'en ont pas une quantité considérable. Et puis chaque hélico a sa carte d'identité si je peux dire. Mais il va falloir la jouer fine. Les gardes en question ont été chargés d'une mission bien particulière. Poser ce genre de questions sans attirer l'attention n'est pas facile.

Trois personnes étaient dans l'appareil. Deux gardes et le pilote de l'avion. J'ai toutes les raisons de croire qu'ils sont au secret. Comme j'ai tout lieu de croire que la tête de nœud a déjà livré son contenu. Votre président est dans la merde. Bobar va maintenir la pression. C'est lui qui mène la danse. La seule possibilité qui nous reste c'est que nous parvenions a confondre Ididé et à détruire les enregistrements du nœud.

– Oui, sauf que pour le confondre, il faut mettre la main sur le disque dur. Nous tournons en rond.

– Pas du tout réplique Single, la solution c'est Bobar. Alors foutu pour foutu, il faut lui tendre un piège. Monsieur Louis Daure, invitez-le à l'ambassade de France, trouvez un prétexte, organisez une petite sauterie qu'il ne puisse pas refuser. Si vous y parvenez, nous lui mettrons le nez dans son caca.

– Vous en avez de bonnes vous ! Quel prétexte voulez-vous que je trouve ? vous ne croyez quand même pas il va suffire de l'inviter à venir prendre le café ?

– Cherchez bordel, cherchez. Il aime la France paraît-il. Mais la France à présent il la tient par les burnes. Il n'a plus à se prostituer.

Je les écoute tout en gambergeant de mon côté. Une idée qui vaut ce qu'elle vaut vient de germer. Bobar a un fils qui en toute logique doit se trouver planqué à l'ambassade du Zimbarundi à Paris J'interrompt les discussions.

– Messieurs j'ai une idée. Bobar a un fils en France. Un fils qui est à l'origine de notre enquête. Un fils qui bien malgré lui va nous aider. Monsieur l'ambassadeur, contactez Bobar, dites-lui que Ididé junior veut lui parler d'urgence mais

qu'il ne veut pas passer par les lignes normales car il craint les écoutes. Il veut que la communication se fasse à l'ambassade de France. Que c'est une question de sûreté nationale. Il en va de l'avenir du Zimbaroundi. Ne passez pas par le téléphone, faites parvenir un pli par les services de l'ambassade. Fixez-lui une heure précise dans la journée de demain. Je vous fiche mon billet qu'il va venir. Par contre désolé monsieur le ministre de la culture, mais nous allons garder encore un peu votre fille sous notre... disons protection. Je pense que vous nous avez dit la vérité, mais je préfère prendre des précautions. Des fois que notre petit montage parviendrait aux oreilles de l'intéressé vous voyez ce que je veux dire ?

Chapitre 28

Comme sur des roulettes. Ça a marché comme sur des roulettes. Bôbar est tombé dans notre traquenard. Il va arriver seul, en catimini, pas d'escorte, pas de gardes du corps. J'espère de tout cœur que ma petite mise en scène va fonctionner. Nous allons le savoir incessamment, le voilà. Louis Daure l'accueille.

– *Monsieur le président merci d'avoir accepté de vous déplacer. Tenez entrons dans mon bureau.*

Un peu surpris le président, en découvrant le comité d'accueil. L'ambassadeur qui vient de l'escorter jusqu'à nous, Singa Poor, moi-même, mais également Issé Bâré et Lébô Zar.

– *Mais enfin... Qu'est-ce que ça signifie ? Qu'est-ce que vous foutez là vous ? C'est quoi cette plaisanterie ?*

J'attaque immédiatement. Ne pas lui laisser le temps de se ressaisir.

– *Une plaisanterie monsieur le président ? Oh mais non. Figurez-vous que nous avons reçu ici comme à Paris une copie d'enregistrements contenus dans la tête de nœud trafiquée que vous avez eu l'idée, géniale j'en conviens, d'offrir à monsieur Jérémie Lecouvert. Une copie adressée par quelqu'un de vos services secrets. Très complète et très explicite cette copie. Nous y voyons et entendons des choses fort intéressantes. Notamment vos échanges avec le président français, les discussions entre lui et ses interlocuteurs, mais également un bien sympathique cadeau. Une valise pleine de diamants qui ferait la joie de beaucoup de nos concitoyens respectifs. Et ne niez pas, ne dites pas que c'est un montage, vous voyez monsieur Lébo Zar, est ici présent et tout prêt à témoigner. Il était bien votre commissionnaire n'est-ce pas ?*

Je te dis pas la gueule de Bobar. C'est la panique. Il nous regarde tous avec des yeux d'animal pris au piège. Il ne sait plus comment réagir.

– *Mais vous voulez quoi enfin ? Où est mon fils ? Je ne comprends rien !*

– *Votre fils est à Paris, dans votre ambassade, entre les mains de votre ambassadeur. Vous savez celui qui vous faisait parvenir les puces enregistrées. Celui qui va être expulsé pour espionnage. Par contre pour Ididé Junior c'est la taule et pour un bon moment. Espionnage et assassinat. La totale.*

– Non ! On peut sûrement trouver un accord ! Vous voulez quoi, des diamants vous aussi ?

– Nous voulons les originaux, pas les copies des enregistrements. Nous voulons la tête de nœud avec son disque dur et toutes les puces.

– Et j'y gagne quoi moi ? Hein, j'y gagne quoi ?

– La liberté et la tranquillité. Vous démissionnez de votre fonction présidentielle pour un motif quelconque, je ne sais pas moi la fatigue où un désintérêt aussi brutal qu'inattendu pour la politique, ce que vous voudrez vous trouverez bien.

– Et après, vous en ferez quoi de ces enregistrements ? Vous ne les détruirez pas, ils valent de l'or. Vous ferez chanter votre président ? Vous exigerez les diamants ?

– C'est notre affaire. La politique française ne vous concerne plus. Faites-nous livrer ici à l'ambassade ce que nous vous demandons.

– D'accord, mais je ne vous demande une chose en échange, demandez à Paris de laisser repartir mon fils. Il n'a fait que m'obéir.

– Impossible. Il n'y aurait que l'histoire de l'espionnage, à la rigueur, mais il y a l'assassinat de madame Chipô Lata.

– Mais c'est qui cette Chipô Lata? Pourquoi mon fils aurait-il assassiné cette femme ?

– Une pauvre femme de ménage. Il l'a utilisée en lui promettant la lune, puis il l'a tuée pour qu'elle ne parle jamais.

– Quoi, vous voulez envoyer mon fils en prison pour une femme de ménage ? Non mais je rêve !

– Revenons à ce qui nous concerne monsieur Bobard. Faites ce qu'on vous demande. Appelez qui vous savez. Faites-nous apporter l'ensemble des pièces demandées.

– D'accord, mais je vous demande une faveur. Laissez-moi en fonction jusqu'à notre fête nationale qui va avoir lieu dans dix jours. C'est d'accord, je donne les ordres immédiatement pour qu'on vous apporte le nœud et les puces. Vous aurez tout d'ici une heure. Aller quoi merde. Pensez à notre beau safari ensemble. Je vous ai traités comme des rois non ? Est-ce que je vous ai cherché des noises quand vous avez flingué un de mes Bâdu-Khu ? Laissez-moi encore dix jours de règne. Vous savez j'ai fait inscrire dans la constitution que j'étais président à vie. On ne la change pas comme ça la constitution.

– En France Louis XVI aussi était roi à vie. Les Français ont trouvé la solution. Vous voulez la tester ici à Bézanville ? À présent ça suffit. Donnez les ordres nécessaires. Ensuite, lorsque nous serons en possession de l'ensemble, vous appellerez la télévision, vous la ferez venir ici et

dans les jardins de l'ambassade, vous annoncerez en direct que vous quittez le pouvoir avec effet immédiat. Et pour vous succéder, avant de terminer votre annonce, vous nommerez monsieur Icé Bâré comme votre successeur jusqu'aux prochaines élections. Tenez installez-vous au bureau de monsieur Louis Daure. Le téléphone est devant vous, donnez les ordres nécessaires. Aller, au boulot.

Bobar s'exécute. Effectivement un peu plus d'une heure plus tard, un coursier se présente avec un carton à l'attention de notre ambassadeur. Singa est resté avec Bobar et les ministres. Alors, voyons cette tête de nœud qui nous a fait courir. Elle est bien là, accompagnée d'un sac plastique contenant deux puces et un minidisque dur. Cet ensemble ridicule, dépourvu en apparence du moindre intérêt, est pourtant la guillotine de deux chefs d'État. C'est à présent leur équipe de la télévision qui débarque. Un petit quart d'heure plus tard, debout devant son micro, complètement abattu, la mort dans l'âme, le futur ancien président s'adresse à la nation Zimbarundienne.

– *Mes chers compatriotes, c'est votre président vénéré qui s'adresse une ultime fois à vous. Mon bon peuple, mes amis, mes enfants, je me vois contraint de vous annoncer que j'ai pris la décision de me retirer de la vie politique Zimbarundienne. Cette décision que j'ai prise en concertation avec moi-même et après moulte considérations, est irrévocable et pour toujours.*

Si j'ai fait ce choix qui me coûte c'est que ma santé ne m'autorise plus à gouverner mon pays chéri.

Un chef d'état se doit de se tenir toujours debout, droit dans ses godasses. Or j'ai depuis plusieurs mois des ongles incarnés qui me pénètrent la chair au point que je ne supporte plus mes chaussures. Quelques opérations ont bien été pratiquées, mais il s'agit d'ongles incarnés chroniques qui reviennent sans cesse. Comment imaginer me trouver pieds nus devant vous lors des manifestations officielles. Même mes grands parents ne couraient plus pieds nus dans la brousse. Alors, imaginez mon humiliation. Quelques doigts de pied mal foutus, ont eu raison de ma détermination.

Je dois donc céder mon poste de président à mon très cher et fidèle ami ici présent monsieur Icé Bâré ministre de l'extérieur, charge à lui de préparer de nouvelles élections démocratiques. Je vous ai toujours servi avec justesse et amour. Adieu mon peuple bien-aimé. Ah, je profite encore de ce micro pour vous mettre en garde contre cette clique d'illuminés véreuses, ce ramassis d'attardés mentaux, cette fange marécageuse, cette fosse septique malodorante, dirigée par un gourou trépané avec une pioche. Je veux parler de LéZéLu et de son dirigeant manipulateur, Bôkaka Kabossé, présentement ambassadeur du Zimbarundi à Paris. Poste qui devrait être confié rapidement à mon très cher et fidèle ministre de la culture monsieur Lébô Zar. Ah, encore un point important. Vous entendrez certainement parler de l'arrestation en France de mon très cher enfant, mon fils chéri, la chair de ma chair, mon double incarné, oh pardon, je hais ce mot synonyme de souffrances atroces, Ididé junior, pour le meurtre d'une essoreuse de serpillière, une racleuse de chiottes, une torcheuse de culs blancs. Je veux que vous sachiez qu'il s'agit d'un homonyme, j'insiste beaucoup sur ce point car je ne veux pas qu'il y ait de confusion.

Les bobards sont et ont toujours été une famille honnête, courageuse et des plus honorable, voilà et j'en termine sur ces mots. Je ne suis plus votre président. Je redeviens un des vôtres dès cet instant. Un homme simple, abordable, prêt à rendre service à chacune et chacun. Vive Bézanville. Vive le Zimbarundi.

Bobard en a à peine terminé que nous entendons des clameurs monter de la rue. Ce doit être le peuple qui témoigne de son chagrin. Mais pour m'en rendre compte il faudrait que je sorte et là, franchement je n'en ai pas le temps. Il faut que j'appelle Paris. Ah tiens, je vois Bôbar qui se penche en avant, les mains sur le visage. C'est le preneur de son qui vient de lui foutre un grand coup de perche à travers la tronche. Il n'a certainement pas dû le faire exprès. Louis Daure me prend à part.

– *Nous ne pouvons pas le laisser sortir, il va se*

faire écharper. Je vais demander un hélico mais je ne suis pas sûr que quiconque ait envie de le tirer de ce mauvais pas. Je comprends bien la situation Mais nous risquons de voir l'ambassade prise d'assaut par le peuple. Il faut que Icé Bâré prenne la parole à son tour et d'urgence. Allez lui conseiller de calmer le jeu. Qu'il profite de la présence de la télé.

– Mais oui bien sûr j'y fonce.

Un moment plus tard, l'ex-ministre de l'extérieur et nouveau président par intérim, prend la parole à son tour.

– Mes amis, mes sœurs, mes frères, ce brutal changement dans la vie politique de notre nation ne doit pas nous empêcher de rester dignes et responsables. Je vous demande d'axer vos préoccupations sur la préparation de notre fête nationale qui comme vous le savez aura lieu dans dix jours. Je vous demande du calme et de la dignité, donnez au monde l'image d'une nation unie et responsable. Amen !

Je mets ça sur le compte de l'émotion. Faut dire que ce matin en se levant, il ne se doutait pas qu'il dirigerait le pays ce soir.

Chapitre 29

La ville est en fête. L'avenue Bobar premier, a été débaptisée au profit d'avenue Dûdé-Philé. Dans l'attente d'un nouveau drapeau, des draps blancs en signe de paix ont été fixés sur les mâts. En bas de l'avenue, la tribune présidentielle se remplit tranquillement. Nous attendons notre ministre des affaires louches accompagné de monsieur Lébô Zar. Singa Poor est allé les accueillir à l'aéroport. Nous avons décidé de ne leur dire par téléphone, que le minimum, à savoir, que nous étions en possession de l'objet, des puces et de leur contenu. Que bobard avait démissionné et que le nouveau président leur lançait une invitation personnelle pour assister à la fête nationale Zimbarundienne.

Issé Bâré a autorisé la France à expulser Bôkaka Kabossé. La police française a pu envahir, enfin je veux dire pénétrer, avec discrétion dans l'ambassade au lever du jour, sans craindre de déclencher le moindre incident diplomatique. Ididé junior était couché dans une piaule sous les toits. Il est présentement incarcéré. L'interpellation a été musclée après que cet individu ait menacé les forces de l'ordre. Il leur a déclaré sur un ton autoritaire (vous n'avez rien à faire ici, je vous prie de sortir ou j'appelle la police) Les marques sur son visage proviendraient du fait qu'il s'est volontairement violemment projeté sur l'angle d'un mur. En ce qui nous concerne, officiellement nous avons rempli notre mission. Reste à savoir ce qui.se passera après le visionnage des enregistrements que nous allons présenter à nos compatriotes. Ils vont avoir une drôle de surprise. Mais pour le moment ils arrivent. La voiture les dépose devant la tribune où ils sont accueillis puis guidés jusqu'à leurs places près de nous. De La Panosse a la mine réjouie. Il nous serre la pince avec vigueur.

– Ah messieurs, heureux de vous retrouver ici. Vous avez fait un sacré bon boulot. Cela nous a permis de faire le ménage. Personnellement je les aurais volontiers fait bouffer par les Lions du zoo de Vincennes mais comme on dit hein ? Beaucoup de gens sont vivants juste parce que c'est défendu de les tuer. Ces putains d'africains sont décidément imprévisibles.

Je lui fais signe de baisser un peu le son. Il semble oublier où il se trouve. Certains invités lui jettent un regard noir.... Enfin je veux dire un œil chargé d'éclairs.

Nous parlerons de tout ça à l'ambassade si vous le voulez bien. Tenez, voici le président par intérim. Nous lui devons beaucoup dans la réussite de l'enquête.

Icé Bâré descend du véhicule alors que l'hymne

national Zimbarundien retenti. J'imagine son émotion. Il était loin de se douter qu'il serait au centre des attentions il y a dix jours. Nous avons exfiltré Bobar de nuit. Un véhicule de service de la sûreté nationale est venu le récupérer. Il est gardé au secret en attendant son procès si le prochain gouvernement décide de le poursuivre. Icé Bâré n'y est pas favorable. L'exil lui paraît plus approprié. Viré, chassé comme un malpropre. Qu'il aille se faire élire gourou à vie chez LéZéLu en attendant que ce mouvement s'épuise tout seul. Un illuminé de plus ou de moins n'est-ce pas ? La musique s'arrête. Il monte dans la tribune, serre quelques mains dont les nôtres, se dit ravi et honoré et le défilé commence.

C'est d'abord le corps de ballets de l'opéra de Bézanville qui nous offre un spectacle de danse classique, à savoir le boléro de Varel suivi du grand classique, lac des poules d'eau.

Viennent ensuite les Maîtres d'hôtels en grande tenue queue de pie, puis les grooms avec fez bordeaux à frange dorée sur la tête, avant-bras droit tendu en avant, main droite ouverte et la gauche refermée sur une poignée de valise de chez Louis Tuiwon.

La fanfare municipale de Bézanville passe devant nous en jouant la mère Michelle qui a perdu son chat.

Elle est suivie par l'équipe du service de nettoyage de la ville, qui marche au pas, balais de branchages sur l'épaule, gilets jaunes et bottes de caoutchouc.

Arrive maintenant les cuisiniers du palais

présidentiel, toques blanches et tabliers relevés qui marchent en rythmant leurs pas à coups de cuillères en bois sur le cul d'une casserole de cuivre astiquée pour la circonstance.

C'est à présent le tour des grandes écoles d'administration, coiffes à plumets descendant jusqu'à mi cuisses, têtes tournées vers la gauche, sabres au clair sur l'épaule droite, dont certains mal positionnés, tranchent le plumet du mec qui suit.

Apparaît maintenant le premier régiment de tirailleurs, ceux qui défouraillent à côté de la cible, d'où leur nom.

Puis la marine nationale avec chambres à air noires gonflées, en travers de la poitrine. Certaines comportent des rustines jaunes qui déstabilisent un peu l'équilibre de l'ensemble.

Les aviateurs, mains au visage en forme de lunettes de pilote et parachutes sur le dos.

Ce sont à présent les gardiens de prison, tenant en laisse des condamnés blancs en costumes rayés très chatoyants et boulets de parade portant le nom des différents pénitenciers. Les spectateurs sont autorisés à leur jeter des cailloux qui seront utilisés après le défilé pour reboucher les trous.

Les motards de la gendarmerie nationale marchent à côté de leurs deux roues en panne et en attente de pièces détachées. Tenus de lâcher le guidon, le temps de saluer la tribune, quelques machines partent de travers et finissent par chuter ou percuter le gars d'à côté.

Deux blindés chenilles à plat, sont transportés sur des portes voitures de chez Bézanville location. Ce sont eux qui financent la parade d'où la pub.

Et pour conclure le défilé au sol, la troupe des petits rats de l'opéra déguisée en chasseurs Bâdu-Khu, que nous avions vue au soir du safari.

C'est à présent le tour de l'aviation. Quelques hélicos de la surveillance du parc national de Chassa Khour, puis des chasseurs F1911 (année de fabrication) des bombardiers d'eau qui profitent de l'événement pour arroser la végétation, et enfin trois ailes volantes de la police nationale qui ferment le défilé.

Tout le monde applaudit. Monsieur Issé Bâré est ému aux larmes. C'était son premier défilé national en tant que chef d'état. Chacun y va de ses félicitations, dit qu'il reviendra, que les américains à côté c'est la cour des miracles etc.. Chaque invité est maintenant attendu au palais pour le repas présidentiel. Là je raconte pas, tout le monde connaît le château de Versailles et comme c'est le même.

Par contre, après le déjeuner nous avons la possibilité d'aller nous détendre dans les jardins. Bien installés sur des chaises confortables et boissons à volonté servies par des laquais en livrées, nous pouvons faire le point sur les résultats de notre enquête. Je branche monsieur de La Panosse car c'est tout de même lui le plus élevé dans la hiérarchie, et comme de toutes façons, tout le monde peut entendre hein.

– Donc monsieur le ministre, pour en revenir à l'enquête, la tête de nœud et ses secrets vous attendent à l'ambassade. Il nous a fallu le concours de plusieurs personnalités ici à Bézanville pour aboutir. Un grand merci également à notre ambassadeur qui n'aurait pas pu en faire plus. À présent, le plus dur à vous dévoiler c'est le comportement de notre président monsieur Jérémie Lecouvert. Nous avons la preuve évidente de ... Comment dire ? Pas trahison, non, ça ne va pas jusque-là, mais... Oh et puis merde. Il a reçu une pleine valise de diamants trois jours avant la réunion dans la salle du conseil des ministres. Diamants offerts par Ididé Bobar, transportés et remis en mains propres, si je peux dire, par monsieur Issé Bâré. Sauf que pour ce dernier, il l'a fait volontairement afin de prouver la complicité magouilleuse de nos chefs d'état respectifs.

– Vous êtes en train de nous dire que Jérémie a réellement touché un pot de vin sous forme de diamants de la part de Bobar ?

– Exactement ! Vous aurez la preuve en images incessamment. Vous en ferez ce que vous voudrez.

– Je ne sais pas quoi dire. Je ne sais pas quoi faire. C'est tellement énorme, tellement inattendu. Nous ne pouvons pas laisser sortir un pareil

scandale en pleine période des gilets mauves. Ce serait une demande de démission immédiate. Il va falloir étudier ça très sérieusement et adopter une décision commune entre membres du gouvernement. Je sais pas moi, un partage entre tous par exemple, je dis ça comme çà, sans vous oublier bien sûr ! En tout cas dans l'immédiat, nous allons mettre en stand-by le projet de collaboration. Nous bloquons le projet jusqu'à ce qu'une décision soit prise. Idem avec l'expo internationale sur la renaissance africaine. Pour le moment, pas de fric pour l'Afrique. Aller, à la bonne vôtre messieurs et encore un grand merci pour votre efficacité.

Je me penche vers Singa Poor car un truc me revient en mémoire.

– *Dis-moi Singa, ta promesse au gamin sur les lieux du crash, tu vas la tenir ? tu sais le coup des cent chèvres ?*

– *Et comment, et très vite encore. D'autant que c'est l'état qui va cracher. Je ne veux pas que ce gosse puisse penser que tous les blancs sont des fils de P..tes !*

Printed by Amazon Italia Logistica S.r.l.
Torrazza Piemonte (TO), Italy

34703209R00169